Wiglaf Droste
Kalte Duschen, warmer Regen

Wiglaf Droste, 27.6.1961-15.5.2019, Schriftsteller, Journalist, Dichter, Polemiker, Satiriker, Vortragsreisender, Sänger, hat über dreißig Bücher geschrieben und war an vielen anderen als Beiträger beteiligt. Er schrieb für den Rundfunk, die *taz, junge Welt* und viele andere Zeitschriften. Zuletzt erschienen: »Der Ohrfeige nach«, 2014. Zusammen mit Nikolaus Heidelbach »Nomade im Speck«, 2016. »Die schweren Jahre ab dreiunddreißig«, 2019.

Edition
TIAMAT
Deutsche Erstveröffentlichung
1. Auflage: Berlin 2018

www.edition-timat.de
Druck: cpi books
Buchcovergestaltung: Felder Kölnberlin Grafikdesign
Unter Verwendung einer Zeichnung von
Rudi Hurzlmeier
ISBN: 978-3-89320-224-9

Wiglaf Droste

Kalte Duschen, warmer Regen

Geschichten, Sprachglossen, Miniaturen

Critica
Diabolis
248

Edition
TIAMAT

Für Ulla Rowohlt

Schuhigt Erdogan!

Freiheit für die Gefangenen und Geiseln des großtürkischen Usurpators Erdal Rex!

Der türkische Diktator Recep Tayyip Erdogan hat den ehemaligen *taz*- und anschließenden *Welt*-Kollegen Deniz Yücel in Untersuchungshaft sperren lassen; Erdogans willige Helfer folgten der sie anführenden Terror-Qualle auch darin widerspruchslos. Die Vorwürfe gegen Yücel – »Mitgliedschaft in einer Terrororganisation, Terrorpropaganda und Datenmissbrauch« – sind haltlos; jeder weiß das, die Diplomatie arbeitet im Stillen an der Freilassung Yücels, was den Opfern staatlicher Willkür und Gewalt oft reichlich mehr weiterhilft als das moralisierende Aufgepluster von Leuten, die sich »Menschenrechting« (Friedrich Küppersbusch) auf ihre Sportvereinsfahnen geschrieben haben.

Im Fall Erdogan aber bedarf es tatsächlich einer weltweit vernehmlichen, unmissverständlichen Reaktion; ein noch so winziges weiteres bisschen Appeasement gegenüber diesem Hitler-Verschnitt wäre fatal, wenn nicht letal für eine große Region dieser Welt. Als Demokrat darf man Erdogan nicht steinigen; man kann ihn aber schuhigen, also mit alten, schmutzigen, stinkenden Schuhen bewerfen, die man sich zu diesem Zwecke auf dem Müllplatz oder im Last Hand-Shop besorgt. Schuhhersteller sind gehalten, sehr unstylische Erdogan-Linien entwerfen und auf den Markt schleudern zu lassen, Miefmaukenumhüllungen mit hohem Härtegrad.

Deniz Yücel und alle seine Kolleginnen und Kollegen sowie sämtliche aus politischen Gründen von Erdogan und seinen Leuten Eingesperrte müssen aus der Haft entlassen werden; das Recht auf Presse-, Meinungs- und Versammlungsfreiheit muss wiederhergestellt werden, Erdogan gehört kein kurzer, sondern ein juristisch einwandfreier Prozess gemacht. Wer weniger verlangt und für weniger eintritt und kämpft, bedarf dringend des Nachhilfeunterrichts in Demokratie. Dass ich, mit unterdessen Mitte 50 und Arthrose in beiden Knien, von der Möglichkeit, Erdogan die Eier – so er denn welche hätte – in die Mandeln zu treten, mit Freuden und Kusshand Gebrauch machte, ist meine ganz private Phantasie.

Sachsen, Nazis und Mentoren

Es war ein gebürtiger Sachse, der schrieb: »Vom andern aus lerne die Welt begreifen.« Der Mann kam 1883 als Hans Bötticher in Wurzen zur Welt, drei Jahre später zog die Familie nach Leipzig, wo es zu der Zeit üblich war, schwarze Menschen wie exotische Tiere in Zoos und Menagerien auszustellen. Als der Schüler Hans Bötticher sich von einer Samoanerin, die ihn faszinierte, tätowieren ließ, wurde er in der Schule brutal gezüchtigt und der Anstalt verwiesen.

Im Alter von 17 Jahren wurde er Schiffsjunge und erlebte am eigenen Leib weitere Drangsal und Menschenquälerei. Er ging zur Marine und wurde Kommandant eines Minensuchboots; zwar war er tendenziell unpolitisch, doch ein so weltanschaulich klarer, anständiger und loyaler Mann, dass die revolutionären Matrosenräte ihn bei ihren Versammlungen duldeten und sprechen ließen. Nach dem Krieg verschlug es ihn quer durchs Land, er wurde Dichter und erlangte unter dem Namen Joachim Ringelnatz Bekanntheit, ja Berühmtheit; Zeitgenossen wie die Schauspielerin Asta Nielsen und die Schriftsteller Alfred Polgar und Kurt Tucholsky liebten und verehrten ihn.

In München, der späteren »Hauptstadt der Bewegung«, wurden seine Auftritte schon früh durch rechte Burschenschafter gestört, die, passend zu ihren Mensurschmissen, mit Bierkrügen nach dem Bühnenkünstler warfen und ihn bepöbelten; die Korporierten nannten seine Dichtungen

»frivol« und »antivaterländisch«, was auch die Nationalsozialisten taten, die ihm Publikations- und Auftrittsverbot erteilten und ihn, den mittellos Gewordenen, damit zum Tod durch die Tuberkulose verurteilten, deren Behandlung er sich nicht mehr leisten konnte. Er starb 1934, gerade mal 51 Jahre alt. Was er von Hitler und seinen Leuten hielt, schrieb er, der sich stets der Welt und ihren menschlichen und tierischen Bewohnern poetisch zugewandt hatte, deutlich auf und sprach von dem »treuen deutschen Wort Scheiße«.

Auch das fällt mir ein, wenn ich sehend und lesend nacherlebe, was sich tut in Sachsen und anderswo, wie sich Mobs zusammenrotten, unter Duldung und offen gejohlter Zustimmung und Anfeuerung von schaulustigen Passivsadisten, die noch nicht selbst mit Hand anlegen, wenn es um Gewalt, Brandstiftung, Morddrohung, Körperverletzung und eine aggressiven Feindseligkeit geht, wie sie so offen und so gehäuft lange nicht zutage trat. So wie Joachim Ringelnatz kein Ringelnatz-Problem hatte, wenn er angegriffen wurde, sondern ein Problem mit Leuten, die als »Arschgeigen« zu bezeichnen sträflich verharmlosend wäre, gibt es in Deutschland kein »Flüchtlingsproblem«, sondern ein Problem mit Deutschen, die sich zum handgreiflichen Abschieben bis hin zum Lynchmob organisieren.

Gedeckt und angestachelt werden sie von Politikern, die sich seriös geben, sich von Gewaltexzessen rhetorisch distanzieren und eine Politik propagieren, die alles, was sie abzulehnen und zu verabscheuen behauptet, erst ermöglicht. Der CSU-Funktionär Markus Söder, Träger des »Ordens wider den tierischen Ernst«, verlangt die Abschiebung von 350.000 Flüchtlingen und Asylsuchenden; dabei müsste er jedem auf Knien danken, der sich herablässt, seine Schweinestallsprachwüste aufzusuchen, einen

Land-Strich, in dem einer wie Söder zu Macht und Ansehen gelangen kann. »Freistaat« ist ein anderes Wort für antidemokratisches An- und Unwesen, das gilt für Bayern wie für Sachsen – es sei denn, man entmachtete die Repräsentanten dieser Heimatschutzdiktaturen und schickte sie gnädig Toiletten putzen gehen, an der Autobahn, der Lieblingsstraße ihres Vorbilds.

Dass auch nur einer der Vorgänger Söders seinen albernen Orden aus Protest zurückgegeben hätte, ist nicht bekannt; die Volksaufhetzer erfahren keinerlei soziale Ächtung. AfD-Rechtsradikale werden medial hofiert; die Begründung, man würde ihnen sonst zu noch mehr Aufmerksamkeit und Zulauf verhelfen, ist so absurd und geistabsent, dass sie nur durch medial erzeugte Selbstverkrüppelung in die Welt kommen kann; das Lied »Crippled Inside« von John Lennon trifft Sache und Personal im Kern. Wo ein AfD-Mitglied ein Flüchtlingsheim leiten darf wie im sächsischen Clausnitz, kann man Amnesty International auch der NPD angliedern.

Was hat das alles mit Joachim Ringelnatz zu tun? Er war, wie Erich Kästner, Sachse; Gemeinheit und Niedertracht sind nicht regional gebunden; wo immer man ihnen begegnet, muss man sich wehren, mit den Mitteln, die man hat. Freigeistigkeit, humanistische Verwurzelung und Herzensbildung sind Bedingung für eine Welt, in der Menschen in Würde leben können. Erklärte Feinde und Abschaffenwoller demokratisch-humaner Minimalregeln ausschließlich mit demokratischen Mitteln zu bekämpfen, klingt heroisch, läuft aber in vielen Fällen auf Kapitulation hinaus. Was AfD, Pegida, NPD und ihre Mentoren tun werden, wenn sie erst richtig Macht in Händen halten, kann man sich ansehen, wo sie auf lokaler Ebene bereits dazu fähig und befähigt worden sind.

Man muss einen Tot- und Mordschlag nicht erst begangen haben, um dafür abgeurteilt zu werden; die glaubhaft erklärte Absicht ist vollkommen ausreichend für die Anwendung juristischer Mittel und den Entzug jedweder bürgerlichen Rechte. Es gibt mit Nazis nicht das Geringste zu diskutieren; sie sind nicht verführt oder verblendet, sie sind Nazis aus Neigung, irreparabler Schädigung, Niedrigkeit, Gehässigkeit, sadistischer Freude, und sie sind es aus der Jauchegrube ihres »Ich« sich nennenden Niemandslands von Herzen gerne.

Mit der Aufbewahrung in einem Archipel Gulasch – verpflegt mit dem Giftfleisch, dessen Verzehr sie innerlich wie äußerlich prägt – wären sie noch geradezu übermenschlich freundlich bedient. Eine Abschiebung in den Islamischen Staat wäre schon angemessener und käme natürlich auch finanziell günstiger.

Bin ich ein Russenliebchen?

»Auch der Hass gegen die Niedrigkeit / verzerrt die Züge. / Auch der Zorn über das Unrecht / Macht die Stimme heiser«, heißt es in Bertold Brechts großem Gedicht »An die Nachgeborenen«. Das stimmt, man kann es sehen und hören. Bei manchen Lesern vollzieht sich der Prozess der Hässlichwerdung bei oder direkt nach der Lektüre einer *Spiegel online*-Kolumne von Jan Fleischhauer, der den deutschen Ableger von Roger Koeppel gibt, seitdem er entdeckte, wieviel Konjunkturpotential im Gejammer über ein links angehauchtes, grün-alternatives Elternhaus steckt, über ein Milieu, das zwischen Petra Kelly, Antje Vollmer und Boris Palmer changiert, zwischen Sekte, Kirchentag bis zur schnödesten Rechtsranschmeiße also, das Kritik und Spott deshalb vollrohr verdient hat, allerdings nicht zum einzigen Topos eines gedeihlichen Berufslebens taugt und fruchtet.

Man muss den Nachgeborenen Jan Fleischhauer nicht groß ernst nehmen; er schrübe, so man's ihm entsprechend vergütete, auch das Gegenteil oder sonst irgendetwas, und wer sich über ihn erregt, arbeitet ihm zu und tut ihm einen Gefallen. So verhält es sich nun einmal in den journalistischen Wurf- und Boxbuden, das ist nur das übliche Geschäftsgebaren.

Wenn Fleischhauer sich seine Vortäuschung von Abscheu allerdings selber zu glauben beginnt, auf die eigene Propaganda hereinfällt und sie dann dem Gesetz des Effektgewinns folgend steigern muss, läuft ihm der Quark vollends aus dem Ruder, und er wird vom leicht vorhersehbaren, verlässlich plumpen Polemiker zum Bauchredner schierer Gemeinheit. In seiner Kolumne »Flüchtlinge als Waffe« schrieb Fleischhauer im Februar 2016: »Unsere Schwäche ist das Mitgefühl. Wenn wir das Bild eines Kindes sehen, das tot an einen Strand bei Bodrum liegt, lässt es uns nicht kalt, sondern weckt den Wunsch, das Elend zu lindern. Dass Deutschland seine Grenzen für Menschen in Not geöffnet hat, verdankt sich keinem Kalkül, sondern einem nationalen Akt der Hilfsbereitschaft.«

Statt den Vollzug »nationaler Akte« für die zu diesen Zwecken angelegte und vorgesehene rektale Körperöffnung zu reservieren, fährt Fleischhauer fort: »Wer sich allein von Nützlichkeitserwägungen leiten lässt, ist dagegen zunächst im Vorteil. Er ist nicht erpressbar, egal wie groß der Schrecken ist. Wenn die Herren im Kreml sich um das Schicksal eines Kindes sorgen, dann um das eines 13-jährigen Mädchens in Berlin-Marzahn, das man für die Propaganda einspannen kann, weil es so herrliche Schauergeschichten über die Muslime erzählt, die Frau Merkel nach Europa lässt. Zeigen Putin und seine Leute ausnahmsweise Gefühlsregungen, dann sind diese fast immer infantil: Es geht bei ihnen stets um Kränkung und Zorn wegen mangelnder Beachtung, nie um Empathie und Nachsicht.«

So fleischhauert sich das zusammen: Deutsche fühlen menschlich, Russen tun nur so. Beim Thema Putin läuft Fleischhauer der Gratismut im Mund zu Schaum zusammen: »Man kann sich mit Diktatorenliebe anstecken wie mit einer Krankheit. Wenn in Talkshows über die ›strategischen Interessen‹ der Russen so geredet wird, als gäbe es ein Naturrecht, sich in anderen Ländern den Weg freizubomben, ist das mehr als bizarr. Bei Peter Scholl-Latour hatte die erfahrungsgesättigte Ruchlosigkeit, mit der er die notorischen Schwafler und Schönredner auflaufen ließ, noch einen gewissen Charme. Bei jemandem wie Gabriele Krone-Schmalz, deren Auslandserfahrung sich auf vier Jahre im Moskauer ARD-Studio beschränkt, bleibt schon nach den ersten Sätzen von der Coolness des Weltreporters nur die Kaltherzigkeit der Kreml-Mamsell.«

So kommt ein neuer Beruf in die Welt: »Kreml-Mamsell«; frühere Propagandaexperten sprachen direkt von »Russenliebchen«. Bei Fleischhauer endet das so: »Wer die Menschen in Syrien erst aus ihren Häusern bombt, damit sie sich nach Norden aufmachen, und dann dort die rechtsradikalen Kräfte unterstützt, die gegen eine Aufnahme Stimmung machen, ist jedenfalls kein Freund Europas und noch weniger ein Freund der Deutschen. In anderen Zeiten hätte man ihn einen Feind genannt.«

Ich bin kein »Freund der Deutschen«; weder weiß ich, wer oder was das sein sollte, noch halte ich es für ein Pflichtfach. Dass mich die nicht durch Ressentiment, sondern durch Erfahrung erworbene Skepsis Landsleuten (wie zum Beispiel Jan Fleischhauer) gegenüber zu einem Verehrer des Kaffeewürzmischers Wladimir Putin machte, wäre mir neu. Fleischhauers Freund-Feind-Rhetorik dünstet dieselbe trübe »Wer nicht für uns ist, ist gegen uns!«-Scheu- und Großklappigkeit aus, die er dem Milieu, in dem er groß wurde, nicht zu Unrecht vorhält. Die Vergangenheit holt eben alle ein, und am ehesten diejenigen, die sich ihr nicht präzise stellen, sondern sie entweder zwanghaft verherrlichen oder aber dämonisieren müssen und damit die Gegenwart verhässlichen, für sich und für andere.

Phantom in braun

In Banden-Württemberg sind seit März 2016 wieder Rechtsradikale im Landtag vertreten. Ist Hans Filbinger wieder auferstanden? Nein, die AfD kann das gut ganz alleine, dass sogar die erfolglose Konkurrenz von der NPD über die finalen Grenzschutz-Schuss-Erwägungen respektive Abknallphantasien, mit denen die AfD anschließend dann aber gar nichts zu tun gehabt haben wollte, an der AfD herummaulte. Kurz vor der Landtagswahl bekamen die Traditionsnazis eine derartige Panikattacke, dass sie sich von der AfD distanzierten, die zwar den rechten Rand nicht halten, ihn aber dominieren kann. So kalt waren die Käsemauken der NPDisten, dass sie quasi on the rocks herumstiefeln mussten. »Konsequent abschieben« lautet eine ihrer Parolen; wer aber will sie haben und aufnehmen? Wenn die Selbstausschaffung der NPD allerdings gelänge – vielleicht klappt es ja in Sibirien? –, dann bitte die AfD nicht vergessen, sondern mit in den Gepäckraum werfen. Eine kleine Bitte ans Bodenpersonal erlaube ich mir zu äußern: Don't handle with care.

Rechtsradikale Volksvertreter? Als Schuhabtreter oder Schuhcremevertreter für Erdal braun wären sie mir lieber, aber sie werden ja gewählt. Auf die Frage warum, weiß ich außer der anthropologischen Konstante Niedertracht und frei flottierenden »Denen zeig' ich's!«-Phantasien keine Antwort. Es wird der oder die Rechtsradikale nicht ernsthaft gesellschaftlich geächtet, sondern es wird im

Gegenteil die Meinungsfreiheit, die Rechtsradikale außer für sich selbst und ihresgleichen keinen Deut interessiert, zu ihren Gunsten ausgeleiert, bis sie schlapp, am Boden und leicht zu kassieren ist. Es wäre nicht das erste Mal.

Demokraten sind gegenüber Nichtdemokraten im strategischen Nachteil, sich an demokratische Gepflogenheiten zu halten und ihren Maßgaben entsprechend zu handeln. Für das in Phantasialand stattfindende Ausleben archaischer Tagträume – auf eigene Faust, oder, wie bei Til Schweiger, auf eigene Panzerfaust, »aufzuräumen«, endlich mal »den ganzen Dreck wegzumachen«, das einengende juristische Regelwerk zu durchbrechen, das demokratische Korsett abzustreifen und atavistische Weltvorstellungen als »Recht und Ordnung« zu deklarieren –, sind entsprechende Filme im Kino, im TV und im Computer überreichlich vorhanden.

Gewählt aber wird in der sogenannten wirklichen Wirklichkeit, und das kann sehr konkrete Folgen nach sich ziehen: Eine demokratisch legitimierte Minderheit lässt die Mehrheit nach ihrer Pfeife keinen Schieber, sondern einen Abschieber nach dem anderen tanzen. Die »etabliert« genannten Parteien – früher in LTI-Sprache: »Systemparteien« genannt, machen es den Rechtsradikalen leicht: Sie übernehmen entweder in weiten Teilen die Forderungen der Rechtsradikalen oder sind durch Lobbyismus und andere Formen der Korruptheit alles andere als taugliche Werbemittel oder Testimonials für demokratisch verfasste Verhältnisse. Mit Phantomdemokraten lässt sich kein demokratischer Staat machen.

Phantomhelden im Zoo

Immer wieder erstaunlich ist das demonstrative Erstaunen über ganz und gar unerstaunliche Vorgänge. So sehr es jede nur semihumanoid empfindende Existenz anwidern muss, dass gut ein Fünftel bis knapp ein Viertel der Wähler in Mecklenburg-Vorpommern bei der Landtagswahl 2016 seine Stimme den Schlips-und-Kragen-Nazis von der AfD gab: Überraschend ist es nicht.

So wie es einen Antisemitismus ohne Juden gibt, so gibt es einen Fremdenhass ohne Fremde. Ein Blick in den Spiegel reicht für jeden AfD-Politiker oder -Wähler aus, um einen Ekel zu erzeugen, der dann auf andere abgewälzt werden muss, ob sie nun tatsächlich existieren oder bloße Gespinste sind, Phantome, gegen die mutig anzukämpfen eine leichte Übung ist.

Eingeübt beim vorgeblichen Widerstand wird, wie man als Menschen geborene Wesen zu Mutanten macht, die aus Angst, Hass und ein paar Körperflüssigkeiten bestehen, die selbständig weder denken können oder wollen oder im Idealfall beides nicht. Solchen Lemuren zu attestieren, sie seien »Protestwähler«, die der herrschenden Politik einen »Denkzettel« hätten verpassen wollen, ist die Fortsetzung der AfD-Propaganda mit medialen Mitteln: Wer selbst nicht denken kann oder will, ist auch nicht in der Lage, Denkzettel zu verteilen, so wie Politessen ein Knöllchen ans Auto stecken.

Wofür die AfD steht, ist die Entfernung demokratischer und emphatischer Minimalstandards aus Mensch und

Gesetz; Leute, von denen Angela Merkels Restfesthalten am Grundgesetz als Gespenst des Kommunismus denunziert wird, gehören kaum noch zur Menschheit. Man sollte sie allesamt im Zoo ausstellen, in der Amöben-Abteilung; allein, wer wollte schon Eintrittsgeld dafür bezahlen, sich hasszerfledderte Feiglinge anzusehen.

Demenz & GAU

Die politischen Verhältnisse werden immer medizinischer; was der CDU/AfD-Atavismusbrömmler Gauland auf dem verlorenen Posten, den er mit einem erklommenen Gipfel verwechselt, gesagt hat oder lieber doch nicht gesagt hätte oder haben will, kommentierte ein Hamburger Freund mit den besonnenen Worten: »Der ist ja noch dementer als meine Mutter.«

Das war nicht im mindesten gehässig von ihm, sondern ganz berechtigt, denn seine liebenswürdige Mutter lebt zwar in ihrer eigenen Alterswelt, aber so beschränkt wie der sich für klar im germanischen Schrumpfkopf haltende Nachbarschaftsbeauftragte Gauland könnte sie niemals werden.

Mitte, Nimbus, Schatten, Gauck

Man kann es schon lange nicht mehr hören, das Gerede über alles, das man angeblich »nicht den Rechten überlassen darf«; Hitler auf gar keinen Fall, denn von dem, was dieser Longseller spirituell und finanziell »erlöst«, möchten viele ihren Anteil abbekommen. Auf gar keinen Fall darf man den Rechtsradikalismus den Rechtsradikalen überlassen, das wäre verantwortungslos, vor allem, wenn sie gerade Aufwind, Oberwasser und medialen Auftrieb haben, da möchte man nicht beiseite stehen. Der damalige Bundespräsident Gauck verhängte das Dekret, man dürfe »die notwendige Debatte über Begrenzung nicht den Radikalen überlassen«, sondern müsse sie vielmehr »in die Mitte« holen. Freund Friedrich kommentierte kühl: »50 Shades of braun.«

Das gefiel mir ganz ausgezeichnet, und ich antwortete: Gauck ist der, der er immer war, was aber wegen seines zusammengeflunkerten Widerständlernimbus' oder Nimm-den-Busses kaum jemand öffentlich zu sagen wagt. Ich plädiere für folgenden Handwerkerkalauer: »Gib mir mal den 13er Nimbus rüber, ich schraube das Ding jetzt ab.«

Danach sollte Ruhe herrschen, aber nicht die Soldatenfriedhofs- und Verwesungsruhe, die Gauck entströmt, sondern die gute Ruhe der Einsicht und der Vernunft.

Karneval nur noch für Deutsche!

Verglichen mit New York ist Köln eine eher kleine Stadt, die aber seit Silvester 2015/16 – endlich, endlich! – auch ihr Nine Eleven hat. Das ist zwar, typisch Karneval, vollständig übertrieben, aber die Angelegenheit war zweifellos widerlich: Hunderte Frauen wurden von Männern belästigt, begrapscht, bedroht, bestohlen und beraubt. Das ist charakterlich erbärmlich und, was gut ist, strafrechtlich relevant. Für sowas gibt es juristisch einen auf die Mütze.

Nach wenigen Tagen aber richtete sich das öffentliche Augenmerk auf die – in diesem Fall nordafrikanische – Herkunft vieler Delinquenten. Die Flüchtlings- und Asylvulgo Abschiebe-Debatte, die so gleichermaßen geheuchelt, verlogen wie aggressiv ist, dass man tatsächlich von »Debattenkultur« sprechen kann, wurde hochgekocht. Ist es für Frauen angenehmer, von betrunkenen deutschen Männern überfallen zu werden als von aus kulturellen Gründen seltener alkoholisch befeuerten marokkanischen? Weil die Frauen das Gelalle der deutschen Kerle wenigstens halbwegs verstehen? Eine gemeinsame Sprache schafft Verbundenheit, aber gilt das auch bei Behelligern, Zudringlingen, Räubern und Notzuchtgierhälsen?

Oder schüren die Sprachbarrieren – afrikanische Sprachen gelten ja als »guttural« – zusätzliche Ängste? Mit betrunkenen Deppen wird man für gewöhnlich leichter fertig als mit nüchternen, aber ins Auge gehen kann beides. Doch darum ging es gar nicht, sondern um die Verschärfung eines simulierten Kulturkampfes, in dem ständig europäische, deutsche und überhaupt hochzivilisatorische Werte gegen Überfremdung und Minderkultur verteidigt werden müssen.

Zu diesen Werten zählt auch der deutsche Karneval; ein mir bekannter Physiotherapeut, der in einer Karnevalshochburg lebt, schließt seit zehn Jahren in der Zeit zwischen Weiberfastnacht und Aschermittwoch seine Praxis und auch die Haustür zu – jahrelang hatten ihm die lustigen Narren und Jecken jederlei Geschlechts ab dem frühen Morgen in den Hausflur gestrullt, gekoddert und sich auch fäkal »gelöst«. Der Mann hatte die Nase, die Augen und überhaupt den Kanal voll und geht in diesen »toll« genannten Tagen in Urlaub; »toll« ist hier in seiner ursprünglichen Bedeutung – wahnsinnig, tollwütig – zu verstehen.

Wer traditionell turnusmäßig und willentlich herbeigeführte Tollwut als zivilisatorische Errungenschaft, als »Wert« oder als Ausdruck von Freizügigkeit missversteht und zum Vorwand nimmt, das organisierte Erbrechen zu rechtfertigen oder sogar zu verherrlichen, darf sich nicht wundern, wenn er als verächtlich empfunden wird. Es gibt wenig Humorloseres und Abstoßenderes als den Karneval, bei dem darüber hinaus die lokalen und regionalen Hauptkriminellen aus Wirtschaft und Politik immer in den Ehrenlogen sitzen.

Karnevalisten gehören sozial geächtet; das ist, weil sie massenhaft auftreten, nicht ganz leicht, und sie würden es, weil sie ja unter sich sind, auch gar nicht bemerken. Dass sie sich und ihr würdefernes Treiben lieber durch Rocker-Patrouillen und rechte Schlägertrupps verteidigen lassen, als einsichtig nicht einhellig mit ihren Kameraden, sondern im Gegenteil mit ihren für andere äußerst qualvollen Gewohnheiten zu brechen, sagt viel über den Grad ihres Herabgesunkenseins aus. Und für eine deutsche Frau, die zwar von Männern nicht bis zum Äußersten belästigt werden möchte, aber falls doch, dann ausschließlich von deutschen, verfügt auch der gentilste Mann über keinerlei Hilfsmittel mehr. Da müssen sie dann durch, wie es so heißt, und eine schall-, geruchs- und blickdichte Glocke obendrauf wäre sehr hilfreich.

Wunsch und Wahn

Mancher möchte unbedingt etwas tun, zu dem er nicht im mindesten befähigt ist. Je geringer die Chance, dass er es noch erlernt, desto verbissener sein Ehrgeiz. So kam in die Welt, was der Deutsche Straßenverkehr nennt.

Das ist nicht schön anzusehen; in ihren PKW, Lieferwagen und auf ihren Fahrrädern, vulgo edel-vulgär, »Bikes« entwickeln die Landsleute eine Melange aus Unfähigkeit, Rechthaberei, Vorteilsnahme und mangelndem Unrechtsbewusstsein, aus der sich eine Aggression entwickelt, die der Deutsche seltsamerweise nicht gegen sich selbst, sondern gegen andere richtet.

Es existieren aber weit gefährlichere Wunsch/Wirklichkeit-Nichtzusammenbekommer; nicht wenige Deutsche möchten das Vierte Reich errichten, können aber nur mit größter Mühe und unter Aufbietung all ihrer Kräfte bis drei zählen. Was tun, AfD und Pegida?

Zum Glück für die geistig-horizontal katastrophale Knabbermischung aus Talkshow-Nazis und Straßenschlägern gibt es Mediengestalten, sie so gerne kritische Journalisten wären, vorausgesetzt, es wäre frei Haus und ohne Reiberei und Ärger zu haben. Man kann hier vom Plasberg-Syndrom sprechen, wobei der Name dieses Eitelfeixers nur einer von vielen ist, die auf die originelle immergleiche Idee verfallen, sich eine braune Tonne ins Studio einzuladen, ein wenig naserümpfend an ihr herumzuschnobern, um dann am Ende doch einen perfekten Kratzfuß hinzulegen, selbstverständlich im Namen von

Demokratie, Wählerwillen, Pluralismus, Parität und allem.

Die Blamagen, in die sie sich und jede nennenswerte Berufsauffassung tunken, sind selbstverständlich nicht ihrer anerzogenen oder beruflich erworbenen Feigheit geschuldet, sondern dem Gebot der Abbildung von Vielfalt sowie den Verhältnissen, die man nicht verändern, sondern nur moderieren will. Dieses höchst einfältige Medienpersonal hat seine unegalen Pranken ausschließlich zu dem Zweck, fortwährend zu erklären, sie seien ihnen gebunden. So – und ausschließlich so – ist die AfD/Pegida-Kampfvokabel von der »Lügenpresse« zutreffend: Es handelt sich um Brown-Nosing-Journalismus.

Von Genese bis Langnese

Ist die Welt nicht furchtbar langweilig, weil sie einem die immergleiche hässliche, mörderische, gemeine und abstoßende Visage zeigt? Man kann das so sehen, und nicht wenige hoffnungsvolle junge Männer fielen oder fallen der Schwermut anheim, manche auch der Schwerwut, der Verzweiflung, der Trunksucht – letzteres nicht deshalb, weil es sich bei ihnen um sogenannte »Feierbiester« handelte, sondern, im Gegenteil, um sehr ernsthafte Existenzen.

Aber ist diese Sicht auf die Welt hilfreich und klug? Es will mir nicht so scheinen. Der Teil der Menschheit, für den ein Tag nur dann ein guter Tag war, wenn jemand anderes getäuscht, ausgeplündert und dreist betrogen wurde, ist zweifelsohne existent, und der Eindruck, er vergrößere sich und verbreite sich aggressiv metastasenhaft, kann leicht entstehen. Wenn jemandem beim Anblick von Flüchtlingen nichts anderes einfällt, als reflexhaft »Weg hier! Raus mit euch! Verschwindet! Packt euch!« zu krakeelen und gegebenenfalls ein Pogrom anzuzetteln oder individuell kräftig Hand anzulegen, um seinen Forderungen Nachdruck zu verleihen, bekommt das Wort Notschlachtung einen verführerischen Klang.

Doch soll man sich seinem Feind – das Wort »Gegner« ist hier fehl am Platz – nicht gemein machen, schon gar nicht in der Wahl seiner Grunzsprache und sonstiger Mittel. Wer Flüchtlinge in lebensgefährdende Situationen, denen sie gerade mühevoll entronnen sind, zurückjagen will, macht sich der versuchten oder vollzogenen Beihilfe zum Mord schuldig und gehört dafür verurteilt und eingesperrt. Verbale Mordbrennerei ist durch das kostbare Gut der Meinungsfreiheit nicht gedeckt.

Dazu kommt, dass die Grölmobber und ihre Anzug tragenden Vorturner gar nicht wissen, was eine Meinung ist; sie lügen bereits, wenn sie das Wort »Ich« nur aussprechen, aber auch das wissen sie selbstverständlich nicht, sonst wären sie ja andere, aber sie haben ja weder von Adorno noch von Rimbaud je gehört. Nennenswerter Gedankengang ist bei ihnen nicht einmal unter dem Mikroskop feststellbar, und wenn die Mischung aus Niedertracht, Dummheit, Gemeinheit und Feigheit einen mangels Masse erfolgenden Hirntod nach sich zöge, hätten die Friedhofsgärtner im Land hunderttausendfach die Hände voll zu tun.

So simpel aber ist es nicht; auch Hundekothaufen sind Teil des Universums. Das ist mitunter maßlos deprimierend; langweilig ist es nicht. Langeweile entsteht durch mediale Vermatschung und Breittretung, gepaart mit Zerstreuung. Wenn die zurecht verneutrummt »Bevölkerung« genannten Massen, die diese Welt tatsächlich weit über Gebühr mit sich bevölkern, vor der Idiotenlaterne sitzen, sich Castingshows aller Art gefallen lassen, sich auch die Werbeblöcke nicht entgehen lassen, mit dieser Information im Rücken eine Meinung zu Flüchtlingen haben und den ganzen Salat dann noch digital kommentieren, ist die Genese zur geistigen Langnese vollzogen.

Bevor ich mich einer Depression ergebe, will ich doch lieber fröhlich in Ärsche treten. Erstaunlich, wie viele Gesäße dem gleichen, das ganz unzutreffend »menschliches Antlitz« genannt wird.

Kinder-Schokolade ... macht den Pimmel grade!

Wie unfruchtbar kotige Braune gegen süßes Braunes stänkern

Ja ja, man weiß es: »Kinder-Schokolade« ist ganz schlimm, Zahnärzte geben sie ihren Kindern, damit sie nach Feierabend noch was zu bohren haben. Und Ferrero vulgo Nestlé ist ein übler, global verheerend wirkungsmächtiger Lebensmittelschurke, dem man das Handwerk legen muss. Und Fußball ist nichts als Kommerz. Ja, das stimmt alles, aber Kindern jeden Alters ist es manchmal trotzdem egal. Die wollen dann ihren »Kinder-Riegel«, auch wenn sie klug genug sind zu wissen, was sie sich da in den Kopf stecken. Zwar achten sie auf gute und gesunde Ernährung, aber Ausnahmen müssen unbedingt sein, Prinzipienreiterei hält doch keine Sau aus. Und mit Leuten, die protestantisch »konsequent!« sind, ist nicht gut Kirschen essen, weder solche aus dem eigenen Garten, vom Markt, vom Biohof und schon gar nicht »Mon Chéri« genannte, womit wir wieder bei Ferrero sind.

Die Süßkrämer von Ferrero verkauften zur Fußball-EM 2016 eine »Sonderedition« ihrer Schoko-Riegel, auf deren Verpackungen Kinderfotos deutscher Nationalspieler zu sehen waren, zum Beispiel von Mario Götze, der so aussah, als hätte er sein Lebkuchentag nie etwas anderes gefuttert, von André Schürrle, dessen langweiliges Aggressions-Ego nicht einmal mit einer Tonne Lollolade befriedigt werden könnte, von Ilkay Gündogan und von Jérôme Boateng. Man kann Werbeständerei egal wofür doof oder stil- und haltungslos finden, man kann auch, wenn man sonst gerade nichts zu tun hat, über »Kinder-Schokolade« und ihren Verzehr durch die erweiterte Zielgruppe die Hände ringen, aber zwei Dinge tut man nicht ungestraft: einem gut gewachsenen, süßen Herforder Bienenkind seinen Schoko-Riegel verweigern und eine italienische Zuckersüßigkeit deutschnational denunzieren.

»Pegida BW – Bodensee« zeigt via Facebook = Fressenkladde ein Foto von zwei Schokolade-Schachteln, auf denen Gündogan und Boateng zu sehen sind. »Vor Nichts wird Halt gemacht«, ächzt es aus der braunen Dummlumpenhölle, und die Pedigaisten versuchen es auch erbärmlich schlapp mit dem, was sie für »Humor« halten und fragen scheinheilig: »Gibt's die echt so zu kaufen? Oder ist das ein Scherz?«

Für Ferrero ist die kotbraune Attacke ein gefundenes Fressen, um das Verticken der schokobraunen Schore in Kindergärten und auf Schulhöfen in ein antirassistisch aufschimmerndes Licht zu tauchen: »Wir von Ferrero möchten uns an dieser Stelle ausdrücklich von jeglicher Form von Fremdenfeindlichkeit oder Diskriminierung distanzieren. Wir akzeptieren und tolerieren diese auch nicht in unseren Facebook-Communities. Viele Grüße, dein Kinder-Schokolade-Team«, erklärte die PR-Anduz-Abteilung von Ferrero.

Es ist eben alles Kommerz, sogar der prognostizierbare Zahnschmerz. Aber manchmal muss es eben genau das sein. Auf den gekrähten Kinderreim »Kinder-Schokolade / macht den Pimmel grade« möchte ich nicht verzichten müssen, und wenn es schon etwas mit »a« sein muss, dann lieber Viagra als Pegida.

Weichensteller

»Nur über meine Weiche!«, erklärt der Sozialdemokrat mutig und entschieden, und dann stellt er brav und wie ihm geheißen, die Weiche, damit der Zug auch ja pünktlich abfährt, egal in welche Richtung und wen er wohin abtransportiert oder deportiert, aber der Gang der Dinge ist nun einmal der Gang der Dinge und hat oberste Priorität.

Lieblingsklarversprecher

Großes Vergnügen bereitet es mir, jemanden im Brustton der Empörung wettern zu hören, die Deutschen folgten der Regel »Wes' Lied ich ess', des' Brot ich sing'«. Die Folge ist häufig allzu billiges Grinsen und Gelächter der Zuhörerschaft: »Wes' Lied ich ess', hahahahaha...!«

Dabei stimmt doch alles an diesem Satz; das akustische Knäckebrot, das aus dem Radio herausbröselt, ist für das menschliche Ohr und die innen angrenzenden Organe hoch gefährlich, der Tod durch Langeweile oder sprachästhetischen Ekel ist stets in greifbarer Nähe. Was als sogenanntes »Brot« vermarktet wird, ist für den Verzehr ungeeignet; wenn man es schon nicht essen kann, bleibt nur der Versuch, es zu singen: »Wes' Lied ich ess', des' Brot ich sing'.«

Deutschland schmeckt nicht (oder allenfalls nutellabraun), es klingt nicht, es swingt nicht, es groovt nicht – es marschiert. Und zwar immer dem hinterher, der schlechte Musik und nicht minder schäbiges Brot verspricht und dieses fade Versprechen auch einlösen wird, sofern man ihn nicht daran hindert.

Nie mehr Frieden mit Xavier Naidoo

Als der Norddeutsche Rundfunk (NDR) als Veranstalter des European Song Contest (ESC) Xavier Naidoo erst einlud, beim ESC zu singen, um ihn dann wieder auszuladen, wirkte das etwas peinlich; Naidoo hätte perfekt zu einer Veranstaltung gepasst, die mit Musik nicht das Geringste zu tun hat. Herbert Grönemeyer kommentiert den Heckmeck kritisch; etliche Kollegen Naidoos aber fühlten sich gleich zu dem Versuch bemüßigt, das schöne Wort »Solidarität« zu entwerten und unterzeichneten eine Hey-du-bist-unser-Buddy-Note an Naidoo, die auf einer ganzen Seite der *FAZ* als bezahlte Anzeige erschien.

Zu den Unterzeichnern gehörten neben anderen die Heulboje Tim Bendzko; Roger Cicero, der Sinatra für alle, die nie Sinatra gehört haben; der »Becks«-Werbeständer Thomas D; die deutsche Dogge Heinz Rudolf Kunze; die rühmannsche Schmunzelmuffe Jan Josef Liefers, der Dauerangeber und *Bild*-Palladin Til Schweiger; die Schlagerschreckschraube Christina Stürmer; PUR, deren Sänger Hartmut Engler einmal wie immer viel versprechend und nichts haltend via *Bunte* verkündet hatte, »an Selbstmord gedacht« zu haben, und – huch! – die Betschwester Antje Vollmer.

Dass Dumme und / oder Gemeine sich mit Xavier Naidoo gemein machen, wundert nicht; nur muss man eben kein Recht auf Meinungs- und Auftrittsfreiheit für ihn erstreiten; beide stehen ihm wie jedem zu, und er kann seinen Quark auch bei den kaiserreichstreuen Irrsinnigen von den »Reichsbürgern« breittreten. »Xavier Naidoo ist ein Künstler, der polarisiert«, teilte der NDR mit; der Satz enthält mindestens zwei schwere Irrtümer. Xavier Naidoo ist kein Künstler, sondern ein Medienmaschinist; es gibt nicht ein Lied oder eine Zeile von ihm, die wert wären, aufbewahrt zu werden, es sei denn aus Gründen der Abschreckung. Wenn Sülze wimmern könnte, hieße sie Xavier Naidoo; verglichen mit der Vorsteherdrüse der »Söhne Mannheims« ist Kindersenf Granit.

Außerdem »polarisiert« Naidoo nicht, er arisiert. »Muslime tragen den neuen Judenstern«, behauptet Naidoo in seinem jüngsten Lied »Nie mehr Krieg«, das in dem Diplomaten in eigener Sache Jürgen Todenhöfer einen willigen Multiplikator fand. Mit sehr viel gutem Willen könnte man Naidoo unterstellen, ihm sei die infame Gleichsetzung von schief angekuckt und vernichtet werden aus Gründen gedanklicher Insuffizienz durchgerutscht und er habe sich nur gegen pauschale Diskriminierung von Muslimen äußern wollen. Es geht aber um eine Selbststilisierung einer Religionstruppe, die angeblich von Völkermord bedroht wird und sich gegen diese Gefahr schützen und zur Wehr setzen muss.

Wer »Nie mehr Krieg« jault und Muslimen gleichzeitig verbal das Tragenmüssen des Judensterns andichtet, will keinen Frieden, und wenn er es noch so beteuert. Die Schmierseife, die Naidoo als »Musik« oder »Gesang« absondert, ist nicht leicht zu ignorieren, aber mit Geistesgegenwart und etwas Energieaufwand kriegt man das gerade noch hin. Wenn aber ein aggressiv Gottgläubischer seinen Antisemitismus als Pazifismus verkauft, ist es – gerade für Pazifisten – Zeit, klar zu sagen, mit wem man um keinen Preis auf einunddemselben Planeten wandeln will.

Je ne suis pas *Bild*

Es war Freitag, der 13. November 2015. Nach dem Abendessen las ich noch einmal Vincent Klinks prachtvoll aufgemachtes und vor allem umwerfend facetten- und kenntnisreich geschriebenes Buch über Paris – »Ein Bauch spaziert durch Paris« –, um mit einer langen Rezension zum Ende zu kommen.

Der Meisterkoch, Musiker und Autor Vincent Klink richtet sein Augenmerk nicht allein auf kulinarische Freuden; Literatur, bildende Künste, Musik, Schauspiel und sogar die Schneiderkunst geraten in den Fokus eines gleichermaßen geerdeten, stabilen wie neugierigen, wissensdurstigen Betrachters. Wenn Klink Heinrich Heines gültiges Diktum »Ein Kluger bemerkt alles. Ein Dummer macht über alles eine Bemerkung« zitiert, dann gilt der erste Satz für ihn, auch wenn er ihn niemals für sich reklamierte; der zweite ist meiner Kenntnis nach die treffendste Definition des deutschen Studienrats und Philisters.

»Dichter könnten Nationen retten, aber nur dann, wenn sie auch gelesen und verstanden werden«, schreibt Klink und ergänzt: »Manch einer wird sich an den Kopf greifen, wenn ich Michel Houellebecq für ein großes Kaliber halte. Viele urteilen über ihn, meist abfällig, aber fast keiner hat ihn gelesen. Ich glaube aber, er wird die Zeitläufte überdauern, schon deshalb, weil er so viele Feinde hat. Der Begriff des unverstandenen Genies ist zwar schon schwer angenagt, aber es gibt diese Genialität, die im Verborgenen gedeiht. Leute, die die übernächste Generation vielleicht gebührend feiern wird.«

Und dann geschieht das Entsetzliche: Paris wird von Attentätern in Blut getaucht, 129 Menschen sterben, hunderte werden teils schwer verletzt. Der Ausnahmezustand wird verhängt, die französischen Grenzen werden geschlossen, und die Selbstmordattentäter sind zu tot, um noch aussagen zu können, wer sie schickte. Wie vor den Kopf geprügelt sitzt man da, bestürzt, todtraurig, fassungslos, und um wenigstens etwas Fassungsähnliches wiederzugewinnen, hört, sieht und liest man alles, das auch nur einen Hauch von Information enthalten könnte. Selbst in der trüben Quelle *bild.de* fischt man und nimmt wahr, dass ein Julian Reichel »unsere Gesellschaft« als »weltoffen und freiheitsliebend« bezeichnet und »unser freies Leben« beschwört; aus der Tastatur des gedungenen Mietlings eines Medienkonzerns, der seinerseits über Leichen geht, für den Menschen nichts als Ware oder Konsumenten dieser Ware sind und dessen Freiheitsbegriff sich in der Freiheit zur Erpressung, zur Bloßstellung und zum Anstacheln niedrigster Instinkte erschöpft, liest sich das wie Perfidie und Perversion.

Bild betreibt auch Ursachenforschung; unter der Überschrift »Ist Houellebecqs Bestseller eine Vorlage für den Terror?« schreibt das Blutblatt: »Eine Terrorwelle erfasst Paris: Gewalt, bürgerkriegsähnliche Zustände, auf der Straße liegen Tote. Die Täter: Islamisten – bereit, für ihre wahnsinnigen Ideen zu morden und zu sterben.

Solche Szenen sind es, die der französische Skandal-Autor Michel Houellebecq (59) in seinem Buch ›Soumission‹ (deutsch: Unterwerfung) beschreibt. Nun wurde aus der Fiktion blutige Realität! Ist Houellebecqs umstrittenes Werk also die Vorlage für die erschütternden Ereignisse am Freitagabend in Paris? (...)

›Unterwerfung‹ spielt im Jahr 2022: Die französische Gesellschaft ist in einem Kulturkampf versunken. Um den Sieg der rechtsextremen Front National zu verhindern, wird der vermeintlich gemäßigte Mohammed Ben Abbes zum ersten muslimischen Staatspräsidenten gewählt, unterstützt durch die Stimmen der Sozialisten und Konservativen. Doch kaum ist Abbes an der Macht, müssen Frauen Kopftücher tragen und dürfen nicht mehr arbeiten, die Christen sollen zum Islam konvertieren, die Polygamie wird eingeführt, nicht-islamische Professoren verlieren ihren Job. (...)

Houellebecq lebt davon, zu provozieren. (…) Wer sich intensiv mit dem Buch beschäftigt stellt fest: Mit dem Titel ›Unterwerfung‹ ist nicht der depressive Ich-Erzähler gemeint. Er wird am Ende zum Islam konvertieren, um weiterhin als Professor arbeiten zu können. Gemeint ist die ›Unterwerfung‹ einer gesamten Nation. Houellebecq rechnet mit einer Gesellschaft ab, die ihre eigenen Werte nicht mehr kennt und ihre Freiheit und Demokratie nicht verteidigt.

›Entscheidend für den Roman ist, dass die politischen Ereignisse, die er beschreibt, psychologisch ebenso überzeugend wie glaubhaft sind‹, schrieb der Gewinner des diesjährigen Welt-Literaturpreises Karl Ove Knausgård in seiner Rezension über das Buch in der *New York Times*. Das Thema sei nicht der Islam, sondern eine ›Kultur, in der die gemeinschaftlichen Bindungen sich auflösen, und die im Wunsch nach Stabilität, der vor allem anderen rangiert, ihre wichtigsten Werte aufgibt und sich einem religiösen Regime unterwirft‹.

Auch Knausgård bescheinigt Houellebecq, was der immer gesagt hat: ›Im Roman ist alles auf die Spitze gebracht.‹ Also tatsächlich Satire. Das Problem dabei ist nur, dass Satire nur von denen verstanden wird, die Zeit,

Lust und den kulturellen Hintergrund haben, sich mit einem Thema zu beschäftigen. Alle anderen genügt die erste, die offensichtliche Ebene: Der Islam bedroht unsere Gesellschaft, und jeder, der sich dagegen stellt wird zum Schweigen gebracht. Und eine solche Haltung kann mörderische Reaktionen nach sich ziehen.«

Soweit *Bild.* Formulierungen wie »Skandal-Autor« oder »lebt davon, zu provozieren« sind schon verleumderisch genug; wenn man es für problematisch erklärt, dass zur vernünftigen Rezeption eines Textes ein Minimum an Beschäftigung mit ihm – »Zeit, Lust, kultureller Hintergrund« – notwendig ist, damit es keine »mörderischen Reaktionen« gibt, so gilt das nicht nur für die Leser von *Bild*, sondern vor allem für ihre Redakteure und Autoren.

Es ist grotesk: Ein viertelalphabetisches Hetzblatt befindet darüber, was ein Schriftsteller schreiben darf und was nicht. Michel Houellebecq hat mit knapper Not einen *Bild*-Persilschein ausgestellt bekommen; puuh, da hat der Autor aber Glück gehabt.

René Goscinny sei mit uns!

Eine Beschwörung des Geistes

Am 5. November 1977 starb in Paris einer der zurecht gerühmtesten Söhne seiner Stadt: René Goscinny, der Schöpfer und Texter von »Asterix«, des »Kleinen Nick«, von »Isnogud«, »Lucky Luke« und anderem Groß- und Hauptpersonal der gehobenen Unterhaltungsliteratur. Goscinny, den man nicht um des Reimes willen ein Genie nennen muss, wurde nur 51 Jahre alt. Sein Witz und seine Brillanz fehlen dauerhaft (wer »nachhaltig« sagt, kriegt leider Haue), und gerade nach dem Erscheinen des »Asterix«-Bandes N° 36, »Der Papyrus des Cäsar« (Text: Jean-Yves Ferri, Zeichnungen: Didier Conrad), vermisse ich den Esprit Goscinnys, dieses waschechten Parisers, der als Sohn jüdischer Einwanderer und feinstofflicher Meister der Dialoge und Sottisen wie kein Zweiter geeignet wäre, seine Helden Asterix, Obelix, Miraculix und Lucky Luke, also eine perfekt abgestimmte Mischung aus List, Stärke, Zauberkunst und Entschlossenheit, gegen die stinkende Beulenpest des IS ins Rennen zu schicken.

Was sind das – neben viel Ekelhafterem – für erbärmlich verlogene Lutscher: Paris eine Ausgeburt der Sünde nennen und selbst davon träumen, mit 72 Huris pro Nase des Johannes im Bordell »Chez Allah« abzuhängen, was man sich mit dem wahllosen Abschlachten unbewaffneter, wehrloser und an Glaubenskriegen jedweder Nullbirnencouleur unbeteiligter Menschen dann ja auch redlich verdient hat! Der Prophet Mohammed, dem man nachsagt, Tiere so geliebt zu haben, dass er sich einen Ärmel vom Gewand abtrennte, auf dem eine Katze schlief, die er nicht stören wollte, käme dafür als Fünfter in den Bund der Gerechten, und für das kulinarische Unwohl der Mörder, die es bei sich selbst nicht belassen können, wäre auch gesorgt: »Reseda, bring Wein und Mohammettwurst, aber nicht von dem Zeug für Tour- und Terroristen!«, würde ein freundlicher Wirt sagen, während ein chronisch unrasierter Ayatollah sich eingestehen müsste: »Sie sind alle so widerwärtig dumm, und ich bin ihr Chef. (Schluchz)!«

Lucky Luke würde nicht nur weiterhin den *Daily Star* mit dem rauchenden Colt in der Hand beschützen – »Die Pressefreiheit ist unantastbar!« –, sondern auch für die körperliche und seelische Unversehrtheit jedes mutigen Journalisten und Reporters in der Tradition von Hergés »Tim« einstehen, und ein gut beschwipst »Latürnich!« und »Die spinnen, die Islamisten!« ausrufender Obelix könnte eine Lappen-um-den-Kopf-Wickel-Kopfbedeckungssammlung en gros und de luxe anlegen. Dass die Mörder und ihre Auftraggeber vom IS bis herunter zum strenggläubischen Betbruder keinen Spaß verstehen, heißt ja nicht, dass man sich nicht treffsicher über sie lustig machen soll; das Gegenteil ist der Fall. Wer mit dieser tief humanen Behandlungsweise nicht einverstanden ist, will es nicht anders und muss sich eben polizeilich oder militärisch erschießen lassen; so what? Ein herzliches »Tschüssikowski, Bart- und Arschgesichter!« möge – ja, fromm können wir auch – ihren Weg in den Eigenabgrund begleiten.

Leviathan und Leviten

Satire ist eine Waffe, auch gegen den Antisemitismus

Diejenigen Deutschen, deren »Ehre« sich als »Treue« buchstabiert, sind in einem tatsächlich zuverlässig treu: in ihrem Ressentiment und ihrem Hass auf alles Andere, Abweichende und ihnen Fremde oder fremd Erscheinende. Im Jahr 2015 waren es zunächst die Bewohner Griechenlands, die »uns das Blut absaugen«, dann die Flüchtlinge aus Afrika oder dem Nahen Osten, die »uns« stören, »unsere Kapazitäten sprengen«, und, Platz einnehmend, zum »Volk ohne Leerstandsraum« machen.

Eine Gruppe kann sich des Hasses seitens dieser Deutschen in Permanenz gewiss sein: Juden. »Der ewige Jude« war im Nationalsozialismus ein zu Massenmord und Vernichtung anstiftender und aufstachelnder Kampfbegriff, den der Publizist Henryk M. Broder im Jahr 1986 mit einem Buch konterte, das bis heute zur Pflichtlektüre gehört: »Der ewige Antisemit«.

Geändert hat die kluge, scharfe Streitschrift nichts, der Antisemitismus ist virulent wie immer schon, auch wenn er mittlerweile häufiger geschminkt als ungeschminkt daherkommt. Für ihren Antisemitismus bedürfen deutsche Antisemiten keiner muslimischer Einwanderer; den lassen sie sich nicht nehmen, denn ihre »Ehre« heißt, siehe oben, eben »Treue«, und in diesen Phantomdisziplinen beanspruchen sie die Meisterposition.

Dass in muslimisch geprägten Gesellschaften Antisemitismus als gemeinsamer Nenner ihrer Mitglieder gepredigt und gepflegt wird, ist unbestreitbar, und wenn es sonst keine Gründe gäbe, radikale Islamisten zu bekämpfen, wäre ihr Antisemitismus allein Grund genug. Doch soll man nicht die Balken im Auge anderer betrachten, um dann selbst fein raus zu sein, sondern sein Augenmerk auf die Eigengrütze richten.

»In Österreich«, schrieb ein österreichischer Autor, »sind sogar die Bäume antisemitisch«, und wenn deutsche AfD-Hetzer und Pegida-Aufmarschierer und ihnen nahestehende Medienexistenzen von muslimischen Zuwanderern verlangen, sich den hiesigen Gepflogenheiten gefälligst anzupassen, kann man ihnen nur antworten, dass viele islamische Einwanderer an den Antisemitismus von AfD und Pegida doch längst perfekt angepasst sind.

Nachdem am 7. Januar 2015 in der Redaktion der Satirezeitschrift *Charlie Hebdo* in Paris zwölf Menschen ermordet wurden, ging das Gratisbekenntnis »Je suis Charlie« in Serie. *Bild* propagierte es, und in den Fenstern der Hamburger Hirnvergeudungsfabrik Gruner & Jahr hing es im Dutzend. Kurz nach dem Mordanschlag auf *Charlie Hebdo* wurde in Paris auch ein jüdischer Supermarkt überfallen; vier Menschen wurden zunächst als Geiseln genommen und dann ermordet, weil sie Juden waren.

Die Sache ist nicht neu; als palästinensische Mörder 1972 die israelische Olympiamannschaft überfielen, umbrachten, wen sie kriegen konnten und später in einem von ihnen entführten Flugzeug zuallererst wissen wollten, wer von den Passagieren Jude sei, betrieben sie Selektion in der Tradition der SS.

Wenn nach dem 139fachen Mord am 13. November 2015 einem Mitglied des Zentralrats der Muslime in

Deutschland nichts anderes einfällt, als die Attentate in vollem Ernst als »Anschlag auf den Islam« umzucodieren, zu interpretieren und zu werten, scheint mir diese licht- und empathielose, weinerliche Selbstbesessenheit viel eher ein ahndungswürdiges Delikt zu sein als ein bisschen kleinkriminelles Klauen oder Drogenverticken. Zumindest zu einem lebenslangen Schweigegelübde sollte man notorische »Die wahren Opfer sind immer noch wir!«-Schreihälse deutlich ermuntern.

Es ist immer hohe Zeit, gegen den Antisemitismus jedweder Couleur mit etwas forcierterem Humor zu Werke und den Antisemiten mit Brains an ihre Lederbirnen zu gehen. »They ain't making Jews like Jesus any more, they don't hold the other cheek the way they did before«, sang der jüdisch-texanische Country-Songwriter Kinky Friedman schon Anfang der 1970er Jahre.

Ich beantrage hiermit, Friedmans Humor und Esprit verpflichtet, Titelschutz für zwei deutschsprachige, auch kulinarisch orientierte Satirezeitschriften mit den Titeln *Leviathan und Leviten* und *Das finden Sie wohl auch noch itzig, was?* mit Eckart Itzigmann als spiritus rector; dies allein schon um zu erfahren, wer nach einer antisemitischen Attacke auf die Redaktionen mit den Parolen »Je suis Levi«, »Heute sind wir alle itzig« oder »Bin ich nicht furchtbar itzig?« aufwarten oder mit mir in einen alten Bob Marley-Song einstimmen würde: »Itizgman vibration, ah ah positive...«

Bier, Rassismus, AKW

Auf einem Bierdeckel kann man nicht nur wie Friedrich Merz eine Steuergesetzgebung notieren oder, wie ein begnadeter Fussballspieler, eine ganze gegnerische Mannschaft austanzen; man kann einen Bierdeckel auch bedrucken, zum Beispiel mit den schwarz auf gelb geprinteten Buchstaben »Kein Bier für Rassisten! Fußball. Bier. Weltoffenheit.«

Meine erste Reaktion auf diese Initiative der Fan-Abteilung des BVB 09 war ein inneres, skeptisches Lachen: Ja klar, und davon verschwinden die Rassisten dann, so simpel ist das. Einfach kein Bier mehr an sie ausschenken, und schon sind sie geläutert und quasi nicht mehr vorhanden.

Das ist aber zu kurz gedacht; der Alkoholentzug gegen Rassisten ist unter Fußballfans eine soziale Abwertung und deshalb richtig; vor und nach dem Spiel gemeinsam Bier trinken – ich rede nicht über Sturzbesäufnisse – gehört für viele Fans zum Fußball dazu wie die Frikadelle beziehungsweise, münteferisch gesprochen, »gehört da mit bei«, und wer nicht mitmachen darf, ist draußen. Ein mieser Spruch über »Schwatte«, wie man Schwarze im Ruhrgebiet nennt, und der rassistische Fitti darf sich am Büdchen allein oder mit seinesgleichen ein tristes Dosenbier in den braunen Schlund gießen.

Alkohol senkt die Hemmschwellen und erhöht bei gewaltbereiten Gestalten den dringenden Wunsch, davon auch Gebrauch zu machen; die meisten der braunen

Männchen, die Flüchtlinge, Asylbewerber und Menschen mit nichtweißer Hautfarbe verbal oder physisch attackieren, gefährden, verletzen und im schlimmsten Fall um ihr Leben bringen, haben sich das, was sie »Mut« nennen, weil sie keinen haben, zuvor systematisch und gezielt angesoffen. Sollten die promillegesättigten Hetzer, Schläger und Brandstifter nach vollbrachter Straftat erwischt und verhaftet werden, reden sie sich mit juristischer Hilfe auf verminderte Schuldfähigkeit heraus.

Das Gegenteil ist richtig; wer sich absichtlich abfüllt, um Gemeinheiten oder Verbrechen zu begehen und hinterher alkoholbedingt von nichts gewusst haben will, sollte – zack! – noch einen Strafzuschlag obendrauf bekommen, und die Höllen eines kalten Entzugs möge man ihm auf keinen Fall ersparen. Rassisten, ob sie eine politisch gemeinte Glatze auf dem dicken Hals oder feinen Zwirn tragen, sind hinterhältig und feige, und die Strategie des »Ich schütte mich zu, dann kann mir keiner« muss und kann man unterlaufen.

Wenn ein seit Ewigkeiten mit Stadionverbot geächteter Sonnenbanknazi wie »SS-Siggi«, der für »Die Rechte« in Dortmund den Mann der Politik simuliert, mit dem BVB zu werben versucht – »Vom Stadion direkt ins Rathaus« –, bekommt er das juristisch und bei Strafandrohung untersagt und muss die entsprechenden Plakate auf eigene Kosten wieder abreißen oder entfernen lassen. Manchen Antifas ist das zu wenig und viel zu lasch, aber auf längere Sicht ist der Ausschluss vom sozialen menschlichen Leben eine wirksame Waffe.

Dies alles runkelte mir durch die Rübe, als mir die Bedienung in einem Dortmunder Fußballlokal ein AKW auf den schwarz-gelben Bierdeckel stellte; AKW ist die Abkürzung für AlKoholfreies Weizenbier und für Rassisten viel zu schade.

Schon oder erst?

Die Regionalzeitung titelt: »Räuber sprengten 2017 schon 50 Geldautomaten in NRW«.

Immerhin einmal eine Nachricht und kein rein personalisiertes Wiedergekäue von Trump, Merkel, Schulz et cetera-egal als Ersatz für politische Analyse, kein Tratschbreitgelatsche von Plastic People wie Silbereisen / Fischer, Bushido, Schöne- und Katzenberger alias Böhmermann, sondern eine Nachricht: 2017 in NRW bislang 50 Geldautomaten gesprengt.

Der einzige Makel war die Verwendung des Wortes »schon«, das selbstverständlich »erst« heißen muss. Möglicherweise klappt es ja beim nächsten Mal. Aber das Hotzenplotzwort »Räuber« ist wirklich schön. Danke.

Eine Welt in Wahn und Waffen

»Das ist eine Waffe.« Die uniformierte Frau am Flughafen Edinburgh sagte das selbstverständlich auf englisch: »This is a weapon.« Unsinn blieb es dennoch; sie sprach von dem kleinen Zigarrenschneider beziehungsweise Cutter, den ich, wie auch Streichhölzer, ein zwei kubanische Zigarren, Notizbuch, Stifte und ein paar Kastanien in meiner Umhängetasche stets mit mir führe.

Das kleine Schweizer Taschenmesser hatte ich – Was blieb mir übrig ? – in der Reisetasche verstaut; man hatte mir schon einmal ein ganz winziges Exemplar, ein Mitbringsel für einen achtjährigen Jungen, wegkonfisziert oder, nennen wir es beim Namen, gezogen, gezockt, gestohlen, geklaut, und selbst eine Nagelfeile aus Holz oder eine Hornhautraspel waren schwere, lebensgefährliche Waffen in einer rettungslos verrückt geworden Welt, in der es als ernst zu nehmendes Katastrophenszenario und nicht als paranoide Wahnidee gilt, dass man einen Piloten zu Tode maniküren oder pediküren könnte, aber wahrscheinlich sind Katastrophenszenarien und paranoide Wahnideen ohnehin zu 100 Prozent identisch. Mit Kinky Friedman gesprochen: »Militärische Intelligenz ist ein Widerspruch in sich selbst.«

Meine wahren Waffen – Notizbuch und Stift – blieben als solche unerkannt, unbeanstandet und unangetastet, aber der Zigarrenschneider hatte offenbar den Nimbus und Hochgefährlichkeitsrang von Plastiksprengstoff erreicht. Noch niemals hatte ich an einem Flughafen ein Mitnahmeproblem mit dem kleinen, nützlichen Gegenstand gehabt und trug das auch, innerlich zwar relativ fassungslos, äußerlich aber sehr gefasst vor, doch die Uniformierte blieb dabei: »This is a weapon.«

Schade, dass ich eine Frau vor mir habe, dachte ich; einem Mann hätte ich in geflissentlicher Tücke beipflichten können: »Ja Sir, Sie haben vollkommen Recht. Ich könnte beispielsweise gerade Sie dazu ermuntern, Ihren Penis in die Öffnung des Zigarrenschneiders zu zwängen und das entsprechend mickrige, allenfalls pinkeltaugliche Teil dann abknapsen. Das wäre vielleicht nicht schade drum und keine Träne wert, aber doch eine ziemlich blutige Angelegenheit, und wer soll dann die Wäsche waschen und den Boden sauberwischen? Es wird wohl wieder an mir hängenbleiben. Einmal Zivildienstleistender, immer Zivildienstleistender.«

Also überließ ich der Uniformierten seufzend – Michael Crichton hätte gesagt: »Guiterrez zuckte die Achseln« – den Cutter, den sie entweder selbst gut brauchen konnte oder, wahrscheinlicher, als fanatische Nichtraucherin angeekelt und mit spitzen Fingern in eine Tonne werfen würde.

Man kann, wenn man zu etwas Richtigem nicht imstande ist, alles simulieren: Liebe, Anteilnahme, Sorge, Sicherheit und Arbeit. Ich ziehe eine gute, ehrliche Arbeit vor, und so hörte ich nach meiner Rückkehr eines meiner liebsten Lieder, den »Workingman's Blues #2« von Bob Dylan, in dem es heißt:

»My cruel weapons have been put on the shelf
Come sit down on my knee
You are dearer to me than myself
As you yourself can see...«

Handreichung zu Pogrom und Mord

»Wenn ich einen Juden taufe, will ich ihn an die Elbbrücken führen, einen Stein um den Hals hängen, ihn hinabstoßen und sagen: Ich taufe dich auf den Namen Abrahams.« Martin Luther, Tischreden (Nr. 1795)

Das monatlich veritableren Presseerzeugnissen beigegebene evangelische Magazin *chrismon* unterhält auch einen »chrismonshop«, in dem man telefonisch oder digital Waren für den Erlösungsbedarf erwerben kann: Kerzen, die »Wortlicht« genannt werden, weil sie auf der Oberfläche mit christlicher Losung aufwarten: »Ich stehe in unmittelbarem Kontakt zu Gott«, heißt es in so ur- wie unchristlicher Hybris, eine weitere Durchhalteparole lautet »Ich bin wertvoll, genau so, wie ich bin«; wenn die Binse stimmt, wozu muss man sie dann in eine Kerzenrinde ritzen? »Ich übernehme Verantwortung für mich und meine Mitmenschen«, pfadfindert ein weiterer der vielen guten Vorsätze, mit denen der Weg zur Hölle gepflastert ist, und abgerundet wird das matt und lasch funzelnde Lichtangebot der Christenheit mit dem blusenoffenen Bekenntnis »Ich bin innerlich frei und nur der Liebe verpflichtet«; »innerlich« ist hier der Scheitelpunkt, von dem alles weitere abhängt.

Wortschmonzetten im Jargon der Innerlichkeit gibt es im »chrismonshop« auch ganz klassisch auf Papier gedruckt, und da wird geluthert nach und mit allen Kräften:

Erwerbbar sind u.a. »Schlag nach bei Luther – Texte für den Alltag«, herausgegeben von der zuverlässig grundangel-evangelischen Margot Käßmann, »Bilder von Luther – Annäherungen an den Reformator«, mit Texten von Malu Dreyer, Harald Martenstein u.a.; bei »Annäherung« auf dem Buchtitel muss ich immer an das noch zu schreibende Welt- und Menschheitsverständigungsbuch »Knallt sie ab, die Schweine! Versuch einer Annäherung« denken. »Luthers Paradiesgarten« wird ebenso vorgestellt wie »Luthers Küchengeheimnisse« gelüftet werden; einen Luther-Titel allerdings kann man im »chrismonshop« nicht bekommen: Luthers Schrift »Von den Juden und ihren Lügen« in der gültigen, vom Autor selbst erweiterten zweiten Ausgabe von 1543.

Dieses Buch, in dem Luther sich völlig offen als schäumender, rasender und vollends überzeugter Antisemit zeigt, ist seit knapp 500 Jahren alles andere als ein Geheimnis; gelesen wurde es immer, und nur wenige Leser nahmen Anstoß. Einer von ihnen, der Philosoph Karl Jaspers (1883-1969), schrieb: »Was Hitler getan, hat Luther geraten, mit Ausnahme der direkten Tötung durch Gaskammern.«

Das ist weder polemisch noch sonstwie übertrieben; auf Luther berief sich während der Nürnberger Prozesse 1946 explizit auch Julius Streicher, Herausgeber des *Stürmer*, und brachte zum Zweck seiner Verteidigung vor: »Antisemitische Presseerzeugnisse gab es in Deutschland durch Jahrhunderte. Es wurde bei mir z.B. ein Buch beschlagnahmt von Dr. Martin Luther. Dr. Martin Luther säße heute sicher an meiner Stelle auf der Anklagebank, wenn dieses Buch von der Anklagevertretung in Betracht gezogen würde. In dem Buch ›Die Juden und ihre Lügen‹ (= ›Von den Juden und ihren Lügen‹) schreibt Dr. Martin Luther, die Juden seien ein Schlangengezücht. Man solle ihre Synagogen niederbrennen, man solle sie vernichten.«

Hierin sprach der Berufslügner, Denunziant, Demagoge und Hetzer Streicher die Wahrheit über den »Dr. Martin Luther«, wie er ihn gleich dreimal in ehrerbietender Absicht nennt. »Von den Juden und ihren Lügen« ist eine Handreichung zum Pogrom, eine Anweisung für und eine Rechtfertigung von Massenmord. Luther forderte die Verbrennung der Synagogen, ein Lehrverbot für Rabbiner bei Androhung der Todesstrafe, Aufhebung der Wegefreiheit für Juden, die Zerstörung ihrer Häuser und ihre Zwangsunterbringung, die Wegnahme ihrer religiösen Bücher, ihre Zwangsenteignung und Zwangsarbeit.

Luthers Pamphlet geht über zeittypische antisemitische Ressentiments, die sich bis heute erhalten haben, weit hinaus: seine Forderungen nach mit Gewalt durchzusetzender Unterdrückung der Juden bis hin zu ihrer Ermordung sind konkret gemeint und aufzufassen. Verstanden wurde Luther nicht nur von den Nationalsozialisten, die seine antisemitischen Vernichtungsphantasien im alten lutherischen Geist mit modernsten Mitteln umsetzten; seine gedruckte Hetze war ein populäres Vademecum, wann immer es galt, die ältere jüdische Weltanschauungskonkurrenz auszuschalten. Was Luther verlangte, wurde Jahrhunderte später »Arisierung« genannt, und dazu war Luther wie seinen Nachfolgern jedes Mittel der Verleugnung und Denunziation recht.

Luther bezichtigt die Rabbiner, »vorsätzliche Lügner und Lästerer der Gottesworte« zu sein, nennt die Juden ein »böses, ärgerliches gotteslästerliches Volk«, Leute, die, »selbst wenn sie 100.000 Jahre lang lügen sollten und alle Teufel zu Hilfe nähmen, trotzdem für immer mit der Schande leben müssten« für das »Fluchen und Lästern aus dem Herzen und Maul des Juden«, »denn was weder die Vernunft noch das menschliche Herz erfasst, das wird erst recht nicht das verbitterte, bösartige, blinde Herz der Juden begreifen.« Man kann diese wahre Lutherbibel, diesen Nibelungenschrein des Judenhasses auf jeder x-beliebigen Seitc öffnen und wird immer sofort fündig; Luther inszeniert sich als Rächer mit Feuer und Schwert, der die Mär vom »Mord an unserem Herrn Jesus Christus« so lange repetiert, bis er seine neiderfüllte Niedertracht für den höchsten Ausdruck christlicher Liebe hält. Da könnte etwas dran sein; in der mörderischen Intention seiner antijüdischen Raserei ist Luther ganz bei sich, selbstzufrieden, selbstgewiss und gottgefällig sich dünkend, ein Protestant reinsten Abwassers.

In Zeiten, in denen angeblich aufgeklärte Mitteleuropäer die Liebe zum Islam entdecken und davon schwärmen, wie schön es sei, einem muslimischen Schwiegervater sein Patriarchenhändchen abzuküssen und in denen die schon erwähnte Frau Käßman nach jedem islamistisch motivierten Mordanschlag den Tätern ihre Geschwisterhand darreicht, darf man sich über die Salonfähigkeit des Antisemitismus nicht wundern, wie ja das antisemitische Ressentiment überhaupt für viele ein für Menschen unbegreiflicher, aber manifester Reflex ist. Die Behauptung, dass man hierzulande »ja nichts gegen Juden sagen dürfe«, gehört längst zur Grundausstattung aller Antisemiten, die selbstverständlich »nichts gegen Juden haben«, nur Israel gerne in einen jüdischen Friedhof verwandelt sähen.

Dem Aschaffenburger Alibri Verlag, in dem auch Bücher von Karlheinz Deschner und Denis Diderot erscheinen, gebührt das Verdienst, Luthers Text erstmals in heutigem deutsch zu präsentieren; linksseitig liest man ein Faksimile des Originals, rechts den Text in gewohnter Typographie. Der Inhalt bleibt, weil zu widerwärtig, dennoch schwer zu lesen. »Ich hatte mir wirklich vorgenommen, nichts mehr über oder gegen die Juden zu schreiben«, heuchelt Luther los, um dann von der ersten Zeile bis zum letzten Amen seine Sprach- und Wirkungsmacht wider das Judentum in Stellung zu bringen. Der Rest ist braune Geschichte und Gegenwart, nur kann eben kein »Lutherliebhaber«, wie *chrismon* solche Kundschaft nennt, noch länger die Lüge aufrecht erhalten, er oder sie hätte »es nicht gewusst«. Schließlich ist Luthers »Von den Juden und ihren Lügen« seit Jahrhunderten ein verlässlicher Lesespaß für die ganze deutsche, protestantische Familie.

Hitler, der letzte Monorch

Als *Bild am Samstag*, dem 19.12. 2015, mit dem Aufmacher »Arzt-Dokument bestätigt offiziell: Hitler hatte nur einen Hoden!« quasi angeeiert kam, stutzte ich: Das kam mir irgendwie bekannt vor. Tatsächlich hatte ich schon 1993 geschrieben: »Der Führer hatte nur ein Ei / Daran brach das Reich entzwei.«

Es waren diese letzten zwei Zeilen eines Gedichts, das unter dem Titel »Die Wahrheit über den Führer« erschien und im Sammelband »Am Arsch die Räuber« nachzulesen ist. Hier noch einmal der alte Text in Gänze:

Die Wahrheit über den Führer

Gewidmet Rainer Zitelmann, Dozent am Alzheimer-Institut für Neue Deutsche Geschichte, Berlin

Hitler hatte einen Kleinen
Wurde so zu dem gemeinen
Kerl, der er dann später war
– ist echt wahr!
Hitlers Pimmel war gespalten
Sonst hätt' er Russland aufgehalten.
Hitler kriegte keinen hoch
Nur der rechte Arm ging noch.
Hitler wusch den Schniepel nie

– darum Schande Normandie.
Der Führer hatte nur ein Ei
Daran brach das Reich entzwei.

Die letzte meiner Thesen über Hitler wurde so, via *Bild*, publizistisch in den Rang der historischen Wahrheit erhoben; ich bin gespannt, welche meiner anderen Theorien über den Zusammenhang zwischen Hitlers Genitalzustand und seiner Kriegspolitik noch auf medialem Wege medizinisch-wissenschaftlich erhärtet werden. Schließlich wird die Einhodigkeit Adolf Hitlers alle paar Jahre wieder hervorgekramt und Hitlers eines Ei medial neu aufgekocht oder weggebraten. Die deutschen Darsteller von Zeitungs-, Magazin- und TV-Historikersendungs-Chefs wüssten gar nicht, was sie tun sollten, hätte es Hitler nicht gegeben. Sie sind ihm zu Dank verpflichtet angesichts all dessen, was er für sie tat.

Mein Gewährsmann UD Braumann schrieb mir über das mediale Eierlaufen: Einhodigkeit nennt man »Monorchie«, was dem Code Q55.0 aus der internationalen Krankheitsklassifikation ICD-10 entspricht: https://de.wikipedia.org/wiki/Monorchie

Es gibt auch noch »Anorchie« (= Hodenlosigkeit) und »Trinorchie« (= Dreihodigkeit respektive die Heilige Dreifaltigkeit im faltigen Sack). Ich schlage vor, dass künftig jede Person offen sichtbar in symbolischer Form ihre (sic!) Hodenanzahl kenntlich macht, z.B. am Hemdkragen oder anderweitig in Gesichtsnähe. Ach ja, und der Begriff »Kryptorchie« bedeutet sowas wie Hodenverborgenheit (neinnein, nicht -verborgtheit), eben dass Hoden nicht in »skrotaler Position« sind. Wer weiß, wo bei Hitler der andere Hoden sich hinzubegeben beliebte? Vielleicht war der Hodensack nur zu klein, und so mußte einer ausziehen (Hoden ohne Raum)?

Eine schöne Zusammenfassung zur Kryptorchie – auch Kryptorchismus genannt – findet sich hier: http://www.urologielehrbuch.de/kryptorchismus.html. Da steht unter »Häufigkeit der Monorchie«: »In 5-20 % der echten (nicht palpablen) Kryptorchismusfällen besteht eine Monorchie (fehlender Hoden). Ursache für einen fehlenden Hoden ist z.B. die intrauterine Hodentorsion (vanishing testis). Die Zeiten des Kryptorchismus haben weder Anfang noch Ende.«

Soweit UD Braumann; ich spende hiermit zweimal fünf Euro für die Weltkalauerhilfe und frage »in die Runde«, wie man so sagt, was wohl aus den berühmten Songs »Monorchie und Alltag« von den Fehlfarben und »Anorchie in Germoney« von Schroeder Roadshow geworden sein mag.

PS: Auf manche Anorchie trifft man penetranzbedingt alle naslang; Tourmanagerin von Schroeder Roadshow war eine Zeitlang eine gewisse Claudia Roth, über die Schroeder-Bassist und -Gründungsmitglied Rich Schwab sagte: »Dass sie uns ›Schroederles‹ nannte, war verzeihlich – schließlich kommt die Frau aus Schwaben. Aber sie tat das mit Vorliebe in Hotels, morgens um halb acht, um uns darauf aufmerksam zu machen, dass der Tourbus abfahrbereit sei – drei Stunden nach dem letzten Drink an der Hotelbar. Das ist unverzeihlich.« Claudia Roth war eben immer schon eine – und zack!, nochmal fünf Euro rin in die Kalauerkasse – hodenlose Unverschämtheit.

Alk, Schweinefleisch oder Kohle?

Welches Mittel gegen die Mordbrenner aller Fraktionen ist ein probates?

Gegen Ende des Jahres 2015 erwägte eine liebe und sehr harmonieorientierte Freundin, ob es nicht vielleicht diskutabel sei, die Mörder vom IS mit einem geeigneten Mittel auszuschalten: mit Alkohol. »Ob man diese Waffe, dieses schleichende Vernichtungsmittel, nicht auch gegen den IS einsetzen« könne, fragte sie und schlug vor: »Festhalten und immer rein damit in den verbrecherischen Schlund!« Der – nicht ganz ernst gemeinte – Vorschlag stieß grundsätzlich auf breite Zustimmung, und ein Debattant setzte sogar noch einen drauf: »Ja, genau! Und dazu mit Schweinefleisch vollstopfen, mit dem billigsten und verseuchtetsten, das man auftreiben kann!« Der Besonnenste in der Runde bremste den Schaum der Gewaltphantasien, erinnerte an das unumstößliche Gebot des Folterverzichts und empfahl die Lektüre eines Textes in der aktuellen Ausgabe des Wirtschaftsmagazins *brand eins*, in dem der hoch geschätzte Kollege Ingo Malcher die Abhängigkeit der Gotteskrieger von sehr weltlichen, westlichen Marktgesetzen beschreibt. Wer am Tag bis zu zwei Millionen Dollar durch Erdölverkäufe einnehmen müsse, brauche Geschäftspartner und Handelswege; unterbinde man Geschäfte mit dem IS, schade man ihm auf längere Sicht weit mehr als mit emotional aufgeladenen

Schnellschuss-Aktionen. Unsere kleine Diskussion beeindruckte mich so sehr, dass ich sie lyrisch zusammenfasste:

Aus allahlei Gründen

Was nur macht dem IS Beine?
Aljohol und Fleisch der Schweine?
Oder eher doch der Frust
über simplen Geldverlust?
Geldhahn zu!, und pronto, pronto!,
hat man Miese auf den Konto,
kann sich keine Waffen kaufen,
und so läuft der Mörderhaufen
wie im Tale der Neander
hungernd, frierend auseinander,
löst sich auf und, kanns nicht fassen,
muss die Welt in Frieden lassen.
Groß ist aller Menschen Glück
über Mörders Missgeschick,
Bartgesicht hat sich verrechnet,
Öl und Preise falsch berechnet
und steht flennend da im Regen.
Für die Menschheit ist's ein Segen.
Es erfüllt sich guter Wille
ohne Stoff aus der Destille.
Auch die Schweinlein bleiben leben
müssen nicht ihr Bestes geben.
Staatsislamer muss kapieren:
Wer Pleitier ist, wird verlieren.
Dieses wissen selbst die Affen:
Geld und Nahrung sind die Waffen,
die im Härtefall entscheiden,
Wer sie nicht hat, der wird leiden.

Kohle braucht's, um in die Suppen
von IS- und Mullahtruppen
effektiv hineinzuspucken,
das geht schneller als ein Kucken.
Man dreht – ZACK! – den Ölhahn zu
Der IS gibt auf und Ruh'
Alles staunt: Was machen die denn?
Notgedrungen wirklich Frieden?
Ja, sie tun es, weil sie müssen.
und in sein Satinkopfkissen
heult nun auch der Waffenhändler,
muss malochen gehn, als Pendler.
Schaut er's Spiegelbild, dann ruft es:
»Auf das Ende dieses Schuftes!«
Schön, dass er jetzt nicht mehr grient,
denn alle sind gerecht bedient:
Terrorist wie auch Zahlmeister
stecken klamm im Armutskleister.
Und sie schmeißen ihren Bettel
hin, wie auch die Steckbriefzettel:
Todeslisten; sie enthalten
Namen derer, die ausschalten
man, für sogenannte Sünden,
dürfe, aus allahlei Gründen.
Kriegerdepp und Kriegertussi:
Mit dem Stussi ist jetzt Schlussi!
Steckt die religiösen Seifen
weg und fangt an zu begreifen.
Es ist leicht, dies zu kapieren:
Geld ist gut zum Menschen schmieren.
Wenn Despoten nicht mehr zahlen
können, hat's ein End' mit Qualen.
Und dann heißt es, statt Randalen:
Kreuzchen machen, freie Wahlen.

Aus der Wertewelt

Man kann nicht nur vernünftigerweise Menschen einbürgern, sondern bedauerlicherweise auch Unsitten. So hat es sich beispielsweise »eingebürgert«, dass die Angehörigen der Mediengroßfamilie Laberarsch in Talkshows, in sogenannten Debatten oder in Leid-mit-d-oder-t-Artikeln die Hände ringen und bestürzt den »Werteverlust« begreinen, einen »Verlust« jener »Werte« also, bei denen es sich, von ihnen bejammert, allenfalls um Pfennigartikel oder um Bückware handelt.

Dass »unsere Werte« von Fremden »bedroht« würden, liest und hört man hierzulande mehrmals täglich; was diese »Werte« sein sollen und wieso sie in einer auf Massenindividualismus fixierten, disparaten Gesellschaft »unsere« wären, sagt niemand.

Statt dessen gibt es den »Wertekanon«, der aber nicht gesungen wird, den »Wertekatalog«, der nach Quelle oder dem Otto-Versand klingt, es gibt »die westlichen Werte«, mit denen sogenannte »demokratische« und »kulturelle Werte« gemeint sein sollen. Letztere, die »kulturellen Werte«, sind oft an die Sprache geknüpft; ohne eine gemeinsame Sprache keine gemeinsame Kultur. Turnusmäßig ergeht die Forderung an ausländische Zuzügler, sie hätten sich den hiesigen »Werten« anzupassen und unterzuordnen, und dies beginne nun einmal mit dem Erwerb und dem Erlernen der deutschen Sprache.

Nun gibt es nicht wenige deutsche Landsleute, viele davon sogenannte »Prominente« aus Politik, Medien,

Kultur und Sport, denen eine Alphabetisierungskampagne sehr gut auf- und weiterhelfen könnte, für die aber alle Mahnungen, der deutschen Sprache wenigstens ein bisschen weniger ohnmächtig zu werden, offenbar nicht gelten. Schließlich tun sie der Beschwörung von »Werten« durch »Wertschöpfung« genüge, also durch Gelderwerb und Geldvermehrung; die Verwendung des biblischen Wortes »Schöpfung«, das der »Wertschöpfung« innewohnt, ist irritierend. Ist Gott für »Wertschöpfung« gestorben? Tot ist er ja, wenn man Friedrich Nietzsche und der jungen Nina Hagen Glauben schenkt, aber für das »Schaffen von Werten«, also den Erwerb und die Anbetung des Mammons starb er dann doch lieber nicht.

Auch die Kosmetiksprache hantiert mit Werten und preist ihre Produkte mit Nullsätzen wie »Weil Sie es sich wert sind« an; manches Lebensmittel ist »so wertvoll wie ein kleines Steak«, anderes war noch »nie so wertvoll wie heute«, und dann gibt es auch noch das »pädagogisch wertvolle« Kinderspielzeug. Ist es ein Wunder, dass »Wertedebatte« sich auf Zuckerwatte reimt?

Auch das »Vermitteln von Werten« ist groß in Mode; nur was »Werte« substantiell sind, erfährt man eben nie oder nur ex negativo: Prominenz ist kein Wert an sich, Geld und Reichtum sind keine Werte an sich; kurz: Werte sind kein Wert an sich. Wie man weiß, können einem die äußeren Werte gestohlen werden, und solange mir keiner sagt, was er mit »Werten« meint, können mir die »inneren Werte« gestohlen bleiben.

Die einzigen Werte, für die ich mich interessiere, sind die Nikotinwerte meiner Zigarren und meine Blutwerte; solange die prima tacko und prick sind, will ich mit den Gratiswerte-Heulsusen schon fertig werden. Und wer mit »Werte schaffen« nur seine Geldgier zu verklausulieren sucht, kann sich gleich zu Wertpapier schreddern lassen.

Erdogan und die Nazis

Wenn führende Repräsentanten einer Kultur, zu deren Lieblingsbeleidigungen ein ödes »Mutterficker!« genauso gehört wie das immerhin etwas originellere »Sohn eines ungewaschenen Eselspimmels!« die Vertreter einer Gesellschaftsform, die in der Kunst der Beleidigung selten über »Arschloch!«, »Wichser!«, »Hurensohn!« oder »Schweinehund!« hinauskommt, als »Nazis!« beschimpft oder ihnen »Nazi-Methoden!« vorwirft, hat das die Relevanz eines Tamagotschi-Kläffens. Der größenwahnsinnige Kleingeist Erdogan, der Mühe hat, Folterbefehle und Todesurteile orthographisch richtig abzufassen, kann es einfach nicht besser; jede halbwegs lustige Invektive, wie sie Hergés Käpt'n Haddock en gros heraushaute, würde ihn und seinen Wortschatz aktiv wie passiv maßlos überfordern.

Dass Erdogan und seine Leute exakt so dumm sind, wie seine Geheimpolizei es ausdrücklich erlaubt, ändert nichts an der Flachköpfigkeit der hiesigen Führungskräfte; der Unterschied ist nur, dass man ihnen hierzulande etwas genauer auf die Finger sieht und auf die Wörter hört. Das ändert zwar noch nichts, aber in der hiesigen Minimaldemokratie wird man für gewöhnlich nicht eingeknastet, wenn man sie kritisiert, veralbert oder verhohnepiepelt. Das macht die westlichen Staatsformen etwas attraktiver als ihre Diktatorenkonkurrenz aus dem Süden und Osten, aber das Nonplusultra sind sie auch nicht. Einen beschränkten Präsidenten, der uneingeschränkte

Macht anstrebt, braucht kein Mensch; ihm und seinen Wählern sollte man unbedingt niemals antun, was deren Vorgänger den Armeniern auch nicht angetan haben.

Eins ist Erdogan zu danken: Die inflationäre Verwendung der Bezeichnung »Nazi« für irgendjemanden, der irgendwem aus irgendwelchen Gründen nicht passt, gilt durch Erdogans Zu- und Rückgriff darauf jetzt auch bei schlichteren Gemütern als so peinlich einfallslos und fadenscheinig dummdreist, wie sie das immer war. AfDler sind Nazis, das ist wahr, aber die AfD ist nicht Deutschland, sondern nach eigener Definition nur eine Alternative dafür.

Volksverräter?
Aber ja doch!

Die gleichermaßen unreflektierte wie notorisch reflexhafte Gewohnheit, zu Jahresbeginn retrospektiv das »Unwort des Jahres« zu küren, hat es in den Rang von Brauchtum und Folklore geschafft. Am 10. Januar 2017 war der Begriff »Volksverräter« an der Reihe, ein Wort, das keines Kommentars bedarf, weil es sich selbst ächtet. Spätestens seit Henrik Ibsens Drama »Ein Volksfeind« von 1882 und der Dreyfus-Affäre mitsammen Émile Zolas großem Aufschrei »J'accuse...!« anderthalb Jahrzehnte später weiß jeder, der es wissen will, was von Leuten zu halten ist, die andere mit dem Anwurf angeblicher »Volksfeindschaft« und erfundenen »Volksverrats« verächtlich zu machen trachten: Es sind Denunzianten und Hetzer, denen keine Lüge, keine Intrige und keine Kampagne zu schäbig und zu schmutzig ist, wenn es um die Erringung oder Erhaltung ihrer Macht und um die Vertuschung ihrer eigenen Verbrechen geht. Ihre Mittel sind Verleumdung, Entzug der Bürgerrechte und der Menschenwürde bis hin zu Deportation und Mord.

Ein weiterer zum Volks-, Geheimnis- und Hochverräter zugrunde gelogener, misshandelter und auf diese Weise ermordeter Mann war Carl von Ossietzky, begnadeter radikaldemokratischer Sozialist, großartiger Stilist und mutiger Herausgeber der *Weltbühne*. Wenn also rechten Fressluken der Mundgeruch vernichtungsbegieriger Vaterländerei entströmt, darf man die Bezichtigung, ein

»Volksverräter« zu sein, als Auszeichnung annehmen. Was haben sie sich aufgemandelt im Namen eines »Deutschlands!«, in dem Zivilisation eliminiert werden soll; seit 1989/90 überziehen die pathostriefenden akademischen Stammler, Fahnenschwenker, Parolenbrüller und Totschläger alle Restverständigen im Land mit erfundenen, rein demagogischen und manipulativen Begriffen wie »Nationalmasochist« oder »antideutscher Rassist«, obwohl »die Deutschen« überhaupt keine »Rasse« sind, nicht einmal eine von Schäferhunden.

Von denen ließ und lasse ich mich jederzeit »Volksverräter« nennen; und wenn Frauke Petry »das Völkische« als »wertfreie« Kategorie re-etablieren will, obwohl es dem Wesen nach aggressiv antisemitisch, brandsatzgefährlich nationalistisch und vielfaltsfeindselig ist, bin ich mit allen Freuden der Vernunft und der Empathie gerne das, was als »Verräter« stigmatisiert wird. So verhält es sich auch mit dem »Wir-sind-das-Volk!«-Volk, das blitzschnell zum »Wir sind ein Volk!«-Volk mutierte und degenerierte, sofern es das nicht schon von Beginn an gewesen war.

Wer vor den primitiven Hasspredigern eines allmächtig niederträchtigen »Deutschland den Deutschen!«-Deutschlands auf die Knie fällt, sei es aus Angst vor Machtverlust, aus opportuner Bequemlichkeit, Herzensträgheit, simpler Feigheit oder um der Aussicht auf banale Vorteilsnahme willen, bleibt vom rechtsextremistischen Bedrohungs- und Einschüchterungsvokabeljau zumindest fürs erste verschont. Die treffende Bezeichnung für das, was ihn beim Blick in den Spiegel respektive ins SpeiGel anglotzt, mag er sich liebend gern selbst ausdenken, sofern er dazu imstande ist. Bei Leuten, die ihre Platitüden für Etüden halten, sind allerdings berechtigte Zweifel geboten.

Getrumpel rules worldwide

Der 9. November war noch nie ein guter Tag für den humanistisch gesinnten Teil der Menschheit. 1923, 1938, 1989, 2016: Alle paar Jahrzehnte geschieht etwas Grauenhaftes, immer geht es danach noch weiter nach rechts, in Richtung Polizeistaat mit Mord und Totschlag, und wer einer gesellschaftlichen Minderheit angehört, muss sich auf die Socken machen. Die Erfolge von Trump, Erdogan, Le Pen, der Pfeilkreuzler-Nachfolger in Ungarn, der polnischen Klerikalfaschisten, der AfD et cetera zeigen es: »Nichts ist mächtiger als ein Ressentiment, dessen Zeit gekommen ist.« Pauvre Victor Hugo.

Wozu substantiell werden, wenn doch das Säen von Hass mehr Erfolg nicht nur verspricht, sondern ihn auch als Ernte einfährt? Dass man abgestoßen ist von Despoten, denen Welt- und Gesellschaftsordnung nichts sind als Spiel- und Spiegelzeug beim narzisstischen Genuss ihrer inhaltlich hohlen Machtdemonstrationen, zeigt, dass weder unsere Phantasie kühn noch unser Gedächtnis lang genug ist, um sich auch etwas wie die Präsidentschaft von Donald Trump ernsthaft vorzustellen. Ihn einfach nur peinlich finden geht fehl; er wurde nicht trotzdem gewählt, sondern genau deswegen, von Menschen, mit denen niemand meiner Kenntnis jemals sozialen Umgang pflegte. Warum sie das tun, ist ihre Angelegenheit wie die der Demagogen und Demoskopen.

Dass Trump demokratisch legitimiert ins Amt kommt, zeigt die Schwäche einer Demokratie, die nicht rechtzeitig Sorge trägt, eben nicht bewegungsunfähig und gelähmt vor der Doppelfalle zu stehen, die da heißt: »Wählt mich!«, schrie die Pest. »Uns bedroht die Cholera!« – »Nein, vertraut mir!«, brüllte die Cholera. »Ich schütze euch vor der Pest!« Wenn diese angebliche Wahl als die einzig unabdingbar verbliebene Chance präsentiert wird, ist es zu spät. Denn es ist nun einmal das Spiel von Leuten wie Trump, Le Pen, Berlusconi, Haider und seinen politischen Erben genau diese angebliche Wahl als ultimative, »alternativlose« Option zu insinuieren und zu inszenieren.

Antidemokratisches, menschheitsfeindliches Gerumpel und Getrumpel gibt es nicht nur in den USA; speziell die Deutschen jeder politischen Couleur können sich ihre notorischen antiamerikanischen Ressentiments in die dazu bestimmten Körperhöhlungen rammen. Wenn die aggressiv Dummen nicht immerzu gewinnen sollen, dürfen die Klügeren nicht nachgeben. So gesehen ist die Wahl Donald Trumps zum Präsidenten der USA ein Ansporn an alle Resthumanoiden, nun endlich mal aus dem Sulky zu kommen.

Auf und Ruhr

Der von web.de »Nachrichten« oder »News« genannte Klimperladen meldet: »Weißes Haus in heller Aufruhr«. Das ist medizinisch fast noch aufregender als grammatisch. Es gibt die helle Aufregung und den Aufruhr; die helle Aufruhr wäre eine Form der Ruhr und der Diarrhöe, die ich dem Trump-Haus nicht missgönnen würde. Vielleicht kann sich der Hausherr ja bei web.de anstecken.

Trauer, Stuss und Überdruss

»High sein, frei sein, Terror muss dabei sein«, quakelten wir vor knapp 40 Jahren als Halbwüchsige, kamen uns bei den ersten Joints enorm verwegen, ja geradezu kriminell und gefährlich vor, ließen uns die Haare wachsen (»Matte bis zum Arsch« hieß das), tanzten wie die Wilden zu Jethro Tull, Santana, den Stones, Led Zeppelin und allem was fetzte, und wenn auf Steckbriefen von RAF und 2. Juni wieder eine polizeilich Erschossene oder ein Erschossener mit dem Kuli oder dem Filzer durchgekreuzt wurde beim Bäcker oder beim Fleischer, wussten wir, auf welcher Seite wir NICHT standen: auf der jener Landsleute, die jeden Toten aus dem Untergrund als persönliche Rekordleistung feierten und von »inneren Reichsparteitagen« schwärmten, obwohl sie außer mitlaufen, *Bild* einpfeifen und TV glotzen nichts auf der Pfanne hatten. Zu Leide getan hat niemand von uns irgendjemandem irgendetwas, unser bisschen Sympathisantentum war ein Reflex gegen den Staat, nicht für Mord und Blutbäder.

Die Zeiten haben sich fundamental und fundamentalistisch geändert, die Welt ist in potenzierter Form dem Irrsinn anheim gefallen, gepredigt wird Hass, der mit Hass erwidert wird, Vernunft und Mitgefühl verschwinden, lösen sich auf wie in aggressiver Säure, jeder Mord wird mit vorhergegangenem Mord begründet und legitimiert, es ist atavistisch wie zu Zeiten der Blutrache, die

Menschheit eilt in eine digitalisierte, hochtechnisierte Steinzeit zurück.

Mordanschläge wie die in Brüssel damit zu rechtfertigen, dass »die anderen ja angefangen« hätten und »noch viel Schlimmeres« anrichteten, ist billigste, schäbigste Wühltischmoral, gegen die Abstumpfungskaspereien wie das »Dschungelcamp« wenigstens vergleichsweise harmlos wirken, obwohl auch sie Gift absondern, das Gift des Allesscheißegal.

Ich will kein dschihaddistisches Gehetze hören und keine Hetze gegen Flüchtlinge mehr erdulden; Partei ergreifen kann man nur für Mitgefühl und Vernunft. Wer hat sie aus der Welt geschafft und vertrieben, oder waren sie niemals da und immer nur eine IDEE? Es gibt Beispiele, die belegen, dass Empathie und der Mut zur Friedfertigkeit keine leeren Worte sind. Etwas anderes fällt mir nicht ein gegen eine Welt aus Stumpfsinn, Dummheit, Hass und Krieg. Das will ich nie wieder – und jetzt die Waffen nieder!

Die Freiheit von McApple versus den Terror

Die Botschaft, die nach jedem islamistischen / dschihaddistischen Mordanschlag, der sich in Europa ereignet, ist so banal wie immer gleich: Wir – egal, ob es dieses »wir« überhaupt gibt oder was es im Fall dann sein könnte – müssen weitermachen wie bisher, wir müssen ausgehen, wir müssen konsumieren, sonst hat der Terror beziehungsweise haben die Terroristen gewonnen.

So wird aus einem simplen Kaffeetrinken in der Öffentlichkeit und dem alltäglichen Brötchenkaufen beim Bäcker ein Akt der Zivilcourage. Es ist leicht geworden, ein Held zu sein; man muss nur genauso dumm und beschränkt bleiben, wie man immer war, und schwupps! – sieht man sich in den geistigen Adelsstand und in die moralische Besserwelt erhoben. Wer auf diesem Kontinent einen Apple-Store, einen H&M-Laden, eine McDonald's-Filiale, ein Fußballstadion oder – besonders mutig! – eine christliche Kirche betritt, geht als Kämpfer für die Freiheit und für »die westlichen Werte« in die Geschichte ein, was immer diese auch sein oder wert sein mögen.

Wer mit dem Flugzeug reist, Taschen und Accessoires kauft oder sich im Getränkeladen mit Flüssigem aller Art versorgt, muss nicht länger ohne einen Tapferkeitsorden nach Hause gehen; überhaupt ist jeder, der sich nicht in seiner Wohnung oder in seinem Haus verbarrikadiert und einbunkert, als heroischer Recke im Kampf gegen den Terror zu betrachten. »Männer wie wir / Wicküler Bier /

schmeißen die Wurst weg, / fressen's Papier«, hieß das in einer Bierreklameverballhornung einmal, und diese Regel sollte wieder dringend ins Recht gesetzt werden.

Dass viele Menschen schlicht blöde, dämlich, egozentrisch, stumpf, gemein, rücksichtslos, brutal und an allem desinteressiert sind, was den engen Horizont ihrer eigenen Vorteilsnahme welcher Art auch immer übersteigt und dass sie sich ihr Leben nach diesem eigenen Spiegelbilde eingerichtet haben in einer Schmalspurversion der Welt als Wille und Vorstellung, ist anthropologisch alles andere als eine Neuigkeit; so hirnlos, empathiefrei und selbstloberisch zugleich aber, wie die Spezies sich gerade selbst darstellt, war sie selten.

Wenn Menschen in Kriegs- und Krisengebieten versuchen, so viel soziale und private Normalität wie möglich zu bewahren, hat das mit der Entschlossenheit zu tun, das Notwendige zu tun, um seine Würde zu schützen; Gestalten aber, die sich nach dem medialen Betrachten des Elends anderer schon groß fühlen, wenn sie anschließend vor die Türe gehen oder im Durchstreifen einer Shopping-Mall einen lebensgefährlichen, todesmutigen Akt gegen »die Ausdehnung der Kampfzone« wähnen, sind nichts als selbstgefällig und Hämorrhoiden der Menschheit.

Der Tag wird kommen, dass eine Kundin oder ein Kunde nach einem Einkauf statt der notorischen »Treuepunkte« und »Kundenkarten«-Rabatte von einer oder einem minderjährigen Zwangsprostituierten auf Anordnung der Geschäftsleitung gratis sexuelle Dienstleistungen offeriert bekommt; dann wird »die Freiheit« noch entgrenzter sein als die von Peter Maffay oder Reinhard Mey besungene – wobei letzterem in seinem Lied »Über den Wolken / muss die Freiheit wohl grenzenlos sein« die Zeilen »Dann ist alles still, ich geh' / Regen durchdringt meine Jacke / Irgendjemand kocht Kaffee / in der Luftaufsichtsbaracke« gelangen, und wer das Wort »Luftaufsichtsbaracke« nicht nur zu reimen, sondern auch noch wohlklingend zu singen weiß, vor dem habe ich – ohne einen Hauch von Ironie – hohen Respekt.

Flachwurzler

Gartenarbeit kenne und kann ich ganz gut von früher aus Kindheit und Jugend, bis die ewige häusliche Familienpflichterei mich nervte und mir nur noch zum Hals heraushing; erst Jahre später gärtnerte ich dann wieder gern auf Balkonen herum, Blumen und Kräuter pflanzend und versorgend, aber ein richtiger Garten ist etwas anderes, der bedeutet Auge, Herz und Hand in einem, also auch richtig wullacken und ackern.

Nichts dagegen, nur fiel mir beim Bearbeiten der Erde mit dem Spaten auf, wie überaus lästig doch Flachwurzler sind: Gleich unter der Oberfläche sitzt ein undurchdringliches Geflecht, das jeden hindert, tiefer zu graben. Ist das der missing link, das Bindeglied, die Schnittmenge und die Parallele zwischen Pflanze und Mensch? Genau: Der Flachwurzler als solcher ist es, und in jeder seiner Erscheinungsformen ödet er einen an.

Tafel mit Zombie

Mit Dr. Eckart von Hirschhausen zum Tag der offenen Beine ... äääähhh ... Gesellschaft

Humor, körperliche und seelische Berührung und Musik können heilende und tröstende Wirkungen auf Körper, Seele und Geist des Menschen entfalten; das ist so wahr wie unterdessen bei so ziemlich jedermann im Land bekannt. Man kann das Einrennen und Aufsperren längst sperrangelweit geöffneter Türen aber auch so darstellen, als habe man bahnbrechende Erkenntnisse gewonnen und von Moses, Noah und Buddha selbst von Mund zu Ohr die Weisheit exklusiv geflüstert bekommen und empfangen.

Dieses Spiel beherrscht der Allgemeinplatzwart Dr. Eckart von Hirschhausen perfekt, und so ziert sein Konterfei die Titelseite der *Hörzu* jährlich mindestens so oft, wie die Glommse Adolf Hitlers dem *Spiegel* als Titelbild taugt. Das ist nicht so seltsam, wie es scheint, denn wie Adolf Hitler ist Eckart von Hirschhausen, auch EvH genannt, ein Untoter, ein Zombie, einer, der tot ist und es aber selbst nicht weiß. Das muss man als ausgebildeter Human- und vermeintlicher Humormediziner erstmal hinkriegen.

EvH starb am 25.10. 2013 im Feuilleton der Tageszeitung *junge Welt*. Auf Seite 12, in Folge 85 der Revue »Schalldämpfer« wird Hirschhausen erschossen, von Ralf

Sotscheck alias Ralle, dem die Idee, »diesen Heil Humor!-Tumor vom Antlitz der Erde zu entfernen«, gut gefiel. Die Sache trägt sich so zu: »›Ich habe eine Mundharmonika dabei!‹, sagte Dr. Eckart von Hirschhausen. Der gebürtige Mediziner fletschte routiniert die Zähne; es war seine letzte Amtshandlung als Lachlappen der Nation. Ralle schoß ihm die Fletschi-Flexi-Sensibel-O-mat-Grimasse aus dem Gesicht, mit sechs Schüssen. Mehr hatte die schallgedämpfte Knarre nicht im Lauf, aber sie reichten dicke, um dem um sich greifenden TV-Grienevisagismus eine neue Nuance zu geben.«

Hirschhausens Tod war literarisch, also in seiner Fiktionalität unmissverständlich und wahrhaftig; dennoch gschaftelhubert EvH weiter, belästigt mit entsicherter roter Clownsnase sogar auf den Tod erkrankte, wehrlose Kinder in der Klinik und fällt all denen inflationär lästig, die ihm aus Gründen auszuweichen suchen. Schaute man sich im Juni 2017 im Kino den Film »Churchill« und die ihm vorausgehenden Trailer an, sah man sich plötzlich den gut-onkelig maskierten Gesichtszügen Hirschhausens ausgesetzt, aus dem und aus denen sich etwas über den »Tag der offenen Gesellschaft« ins Freie rhabarberte. EvH, der Scherzkeks des falschen Glücks, ist zum Faschistischwerden eindimensional, geschäftstüchtig und penetrant, doch tut man ihm diesen Gefallen nicht, sondern leistet weiter die lange, schwere Geburtshilfe bei der Niederkunft einer Gesellschaft, die offen sein soll, das aber nicht am Arsch.

Heiligt der unbestreitbar gute Zweck jedes Mittel, rechtfertigt er die Zusichnahme jeglichen Schlafpulvers? Muss man für eine Welt, in der EvH gedeiht, mit ihm an einer Tafel sitzen? Niemals und für kein Ziel der Welt, so tief kann ich mich, meiner Arthrose sei Dank, nicht bükken. Dann lieber an der Tafel stehen im Mathe- oder Physikunterricht und dickes Blut und reichlich Wasser schwitzen.

Es ist schwer in Ordnung, gute Werke zu verrichten, und niemals würde ich jemanden, der das tut, mit den Denunziationsvokabeln »Gutmensch« und »Helfersyndrom« belegen. Seltsam ist nur, wenn einer über diese seine guten Werke ständig selber spricht, dann wird aus der grausigen Cheri Cheri Lady von Modern Talking die noch gruseligere, weil untote Charity Lady, EvH eben.

Campino, ein Überraschungsbonbon

Wer Bahn fährt – letztes Mal zehn Stunden statt der angekündigten sechs, dreimal Umsteigen statt laut Plan einmal, aber keine öde Beschwerde bitte, Deutsche Bahn ist so und basta!, mir würde regelrecht etwas fehlen ohne den Perfektionswahn, der sich immer wieder aufs Neue kafkaesk ad absurdum führt –, der blättert auch mal in der Bahnzeitschift *mobil*. In der Ausgabe vom Juni 2017 sprach Campino, Sänger der Toten Hosen, auch über die Medienkreatur Jan Böhmermann: »Warum soll ich mich mit etwas auseinandersetzen, das inhaltlich so arm ist. Ich muss doch nicht über diesen zynischen Pipihumor reden. Wenn jemand ›Ziegenficker‹ sagt und dann albern loslacht vor lauter Selbstbegeisterung, jetzt etwas ganz Schlimmes und Verbotenes gesagt zu haben ...« Treffer, auf den Punkt.

Hätte Campino das Gratiswort »zynisch« gestrichen, wär's beängstigend perfekt gewesen, aber so stimmt's. Das Perverseste ist, dass Böhmermann sich auf der Bühne mit Texten von Deniz Yücel brüstet, der an seiner, Böhmermanns Stelle in der Türkei im Knast sitzt, und dass er diese Infamie auch noch für »solidarisch« hält. Der – bleiben wir kurz in Böhmermannsprech – Sichselbstficker Böhmermann bemerkt und spürt nichts als immer nur sich selbst. Das ist für alle anderen sehr, sehr langweilig.

Campino ist exakt ein Jahr und fünf Tage jünger als ich; in 370 Tagen Aufholjagd kann er verstehen lernen, dass der Stadionkracher »Tage wie diese« kein »Zauberwürfel« ist und kein »Strauß Blumen«, wie er im Interview sagt, sondern eine Hymne für Mitläufer jedweder Couleur. Vielleicht fängt er in dieser Zeit auch an, einmal etwas immerhin Musikähnliches zu machen; ich bin seit seinen Worten über Böhmermann diesbezüglich ein wenig zuversichtlicher als zuvor.

Wider die Burka-Versteck- und Blähsprache

Ein Beitrag zur jüngeren Sprach- und Sozialgeschichte

Als Anfang bis Mitte der 90er Jahre des 20. Jahrhunderts der Begriff »Gutmensch« in die »politisch« genannten, meist flauen, weil medial implodierenden »Debatten« des Landes eingeführt wurde, hatte das seine guten Gründe und seine volle Berechtigung. Kurt Scheel, neben Karl Heinz Bohrer Herausgeber der Zeitschrift *Merkur*, warf das Wort »Gutmensch« in die öffentliche Waagschale, und es hatte Gewicht. »Gutmensch« war in seiner, Scheels, Definition die Bezeichnung für jene Diskutanten, die sich ihr stets ausschließlich moralisch begründetes Rechthaben in einer Aufplusterungs- und Versecksprache als Verdienst auch rhetorisch an die Brust hefteten, wobei es sich um einen intellektuell gleichermaßen unredlichen, armseligen wie vor allem fadenscheinigen, langweilenden Vorgang handelte.

Kurt Scheel, von des Lesens eher unkundigen oder unwilligen Konkurrenten wegen seiner *Merkur*-Herausgeberschaft gern gratis und zu Unrecht in eine in diesem Fall imaginierte reaktionäre Ecke gestellt, hatte der Kraft des Arguments das Wort geredet, also einer Mühe, der sich viele seiner Gegner nicht zu unterziehen bereit oder fähig zeigten und zeigen. Die Anregung, die in sich selbst und in toto falsche Sprache der als »Gutmenschen« bezeichneten Selbstlober lexikalisch zu sammeln und quasi in Sprache zu übersetzen, wurde vom *Merkur*-Autor Gerhard Henschel aufgegriffen, der im Jahr 1994 gemeinsam mit dem Verleger Klaus Bittermann in dessen Berliner Edition Tiamat die Aufsatzsammlung »Das Wörterbuch des Gutmenschen« herausgab.

Obwohl nicht einer der Beiträge als rechtskonservative Propaganda misszuverstehen war oder das bis heute wäre – es sei denn mit einer pauschalen Voreingenommenheit, die manchen Lesern eben innewohnt –, wurde das Buch von nahezu allen Seiten gegen seine Absichten gewendet. Die als eher linksliberal, wie sie es in ihrer gewöhnlichen Stammelsprache ausdrücken, »sich verortenden« Kritiker begriffen den Begriff nicht und wollten nicht verstehen, dass es sich um ein sprachanalytisches, decouvrierendes, lügendetektorisches Werk handelte, und neoliberale wie offen rechts agierende Kräfte jubelten auf, als habe man sie munitioniert. Beides war so intendiert und tendenziös wie also falsch, und je mehr das Wort »Gutmensch«, das niemals als »Kampfbegriff« gedacht war, sondern als Subsumierung für die öffentlich ausgestellte Wühltischsprache vom als links sich empfindenden Trödler, wurde plötzlich zu einer streng antihumanistischen Aggressionsvokabel, die auch und vor allem gegen jene in Stellung gebracht wurde, die für eine ebenso empathische wie gleichsam vernunftgeprägte Gesellschaftsordnung – also für Freiheit, Gleichheit und Brüderlichkeit – eintraten und das weiterhin tun.

Die schlichten unter ihren Gegnern ließen sich davon blenden und schlugen den Sack, nicht die Esel. Als Klaus Bittermann und ich im Jahr 1995 den zweiten Band des »Wörterbuchs des Gutmenschen« edierten, trugen wir dem Rechnung und klärten das beabsichtigt herbeigeführte Missverständnis auf; es nützte nichts. Auch eine

Best-of-Zusammenstellung beider Bände bei Piper konnte die Chose nicht retten; die Rechten hatten ihre Niederbrüllvokabel gefunden (die zu erfinden sie selbst viel zu dumpf gewesen wären), und ihre beleidigten Kontrahenten prügelten verbal auf die Analytiker der »Gutmenschen«-Sprache ein.

Dieses Kuddelmuddel hält bis heute an und nützt ausschließlich den Unvernünftigen bis Böswilligen aller Seiten. Sprache ist nicht gesellschaftlich losgelöst, und wer sie zur Selbstdarstellung, sei es als nichts riskierender Großmund-halb-bis-dreiviertel-irgendwie-Linker oder als »Rohr frei!« brüllender Rechter gebraucht, kann an ihr klar erkannt und mit ihr zum Beweise dingfest gemacht werden. Das ist gut, also das Gegenteil von gutmenschelnd. Wenn anti-rechte Politik einen »sensibleren Umgang mit Sprache« verlangt, ist das immer dann richtig, so es sich um die Ächtung von Herabsetzung und andere Ausdrücke von Niedertracht handelt; es ist allerdings falsch und selbstverlogen, wenn der eigene schwammige Schaum im Hirn und vor dem Mund sich als einzig korrekte und erlaubte Art des Sprechens zu adeln und zu etablieren sucht.

Der Begriff »Gutmensch« ist also mitnichten eine Erfindung von Guido Westerwelle, der NPD oder der AfD-Irgendwie-nur-so-und-irgendwie-dann-aber-doch-nicht-so-richtig-Faschisten, sondern ursprünglich die Zusammenfassung einer berechtigten Kritik an einer sich aufblähenden Sprache, die sich in ein moralisches Recht wirft, das sie niemals redlich erworben und erarbeitet hat. Sie wurde und wird von diversen Vertretern der Grünen, Wohlfühl-SPDisten und anderen Schlabbergestalten vor sich her getragen wie eine Burka, hinter der kein Licht leuchtet.

Gewalt und Sprache

Der deutsche Flüchtlingsrat hat einen sensibleren verbalen Umgang mit Flüchtlingen gefordert. Das ist gut und richtig; Sprache ist eine Waffe, die tiefe Wunden schlagen kann, auch lebenslang. Mit Sprache kann man Angst erzeugen, einschüchtern, traumatisieren. Das kann mit dem spitzen Degen genauso passieren wie mit dem kriminotorischen »stumpfen Gegenstand«, dessen verbales Adäquat die Pöbelei ist, die plumpe Bedrohung, die Androhung von körperlicher Gewalt bis hin zu Stein- und Flaschenwurf gegen und Menschenhatz auf Wehrlose und Hilfesuchende. Man muss kein Christ sein, um zu wissen, dass Maria und Josef heute in Deutschland bürokratisch korrekt, also eiskalt abgeschoben würden.

Sprache kann ein Instrument der Aufklärung sein, ein Mittel zur zumindest partiellen Überquerung des Ozeans unserer Unwissenheit, ein Spender der Freude, eine nie endende Spielwiese und eine Möglichkeit, einander beizustehen und zu ermutigen. Tatsachen aber können durch Sprache und Sprachregelungen nicht verändert werden, und es ist eine Tatsache, dass vielen Inländern die Flüchtlingspolitik, die Angela Merkel zumindest nach außen propagiert, viel zu »lasch« ist und »überhaupt nicht hart durchgegriffen wird«, wie es dann heißt. Darüber hinaus gibt es längst eine Kreidefresser- und Schaumsprache, hinter der miese Haltungen respektive schäbige Haltungslosigkeit harmlostuend in Deckung gehen können, weil deren Anwender ja »nur das beste für uns alle«, das »Gesamtwohl« und den »sozialen Frieden« im Auge haben, mit dessen Aufkündigung sie offen drohen.

Sonn- und Feiertagsreden mit dem Tenor »Wir haben nichts gegen Flüchtlinge, aaaaber...« klingen nicht wie das Gebrüll der NPD und die Hetze von Pedigree/Pegida bis AfD, arbeiten ihnen aber zu. Selbst eine Sprache, die genau das lügendetektorhaft decouvriert, reicht als Mittel gegen die Aushöhlung demokratischer Restbestände nicht aus; wenn die hiesige Geschäftsordnung nicht reformierbar ist, muss sie durch eine bessere ersetzt werden. Sprachliche Sensibilität, so sehr ich sie schätze und mir als Grundton wünsche, kann das alleine nicht.

Zweierlei Armut

Ein Hamburger Freund schrieb mir, hin- und hergerissen zwischen Empörung, Tränen und Wut:

»In Hamburg an der Stadtgrenze sollten Zelte für Flüchtlinge gebaut werden. Da gibt es gerade große Demonstrationen, mit Arschgeigen, die Sprüche loslassen wie: ›Wo ist der weiße Hai, wenn man ihn braucht…?‹ Da möchte ich nur noch reinschießen.

Im feinen Pöseldorf an der Alster ist ein ehemaliges Verwaltungsgebäude umgebaut worden für Flüchtlinge, doch der dort wohnende Anwaltsdreck demonstriert ebenfalls. Da dann eher mit Texten wie: ›Wo sollen die denn einkaufen? Hier gibt es ja nicht mal 'nen Aldi.‹«

Ich konnte das Fast-sich-erbrechen-müssen und die Phantasie des Schusswaffeneinsatzes meines Freundes gut verstehen. Der Mann ist alles andere als ein Radikalinski, er macht seine sehr gute und befriedigende Arbeit sehr gut und erfolgreich, er ist nicht von Klassenhass geprägt, sondern kann ganz simpel über den eigenen Tellerrand schauen. Der Lauf der Welt und das Wohl und Wehe ihrer Bewohner lassen ihn nicht kalt, that's it.

Über die das Demonstrationsrecht zur Farce herunternölenden AfD-Deutschen – AfD heißt laut Friedrich Küppersbusch »Angler für Deutschland«; das ist lustig, aber ich kenne auch sehr angenehme Angler, denen er damit Unrecht tut – schrieb ich dem Freund retour:

Die sind so, weil sie sich dabei wohl fühlen, quasi »natürlich«. Das ist für dich und mich nicht zu begreifen, weder emotional noch rational, denn beides findet in denen nicht statt. Da geht es nur noch ums neoliberale Die-Sau-rauslassen. Die mögen sich so. Keine Träne sind sie wert, aber jede kluge Gegenwehr. Zieh ihnen die Buxen runter, dann siehst du den Schiss. Man riecht ihn ja schon fast bis hierher.

Die Bürgerpresse schreibt teils noch gedämpft, aber »man nimmt die Sorgen ernst«, gnagnagna.

Was klar ist: Es wird enger, es wird ärmer, es wird lauter, es wird auch schmutziger, wenn viele Arme kommen. Das ist nicht nur angenehm. Aber man kann das machen, wenn man will: nicht naiv, nicht feige, nicht feindselig, sondern klar, empathisch, ohne sich verkackeiern zu lassen, von wem auch immer.

Die Sorte Hamburger, von denen du schreibst, sind ungenießbar wie das Zeug von McD. Sie möchten bitte nur eine Woche lang in einer »Unterkunft« wohnen, ohne Wäsche zum Wechseln und bei Flüchtlingsration. Dann wollen wir doch mal sehen.

Armut ist kein Delikt, wird aber seit Jahrhunderten als ein solches geahndet; ich empfehle die Lektüre von Charles Dickens, um nur einen der besten Kenner dieser Materie zu nennen. Da hat man es.

Das Bürgertum ist ängstlich, feige und aggressiv auf Besitzstandswahrung fixiert; auch andere sind nicht frei von existentiellen Sorgen und Nöten, nur geben sie die eben nicht nach unten weiter, sondern wissen, dass der Druck von oben ausgeübt wird.

Die medial Verseuchten und Manipulierten oder Sowiesodoofen wissen das nicht, und Aufklärung ist kein gutes Anzeigengeschäft. Deswegen haben kluge Leute selten Konjunktur.

Es gibt die Armut der Armen, und es gibt die Armut der Besitzenden; diese besteht in dem Wahn, sie müssten nach jedem Happen schnappen. Wenn ich den Bürgersmann und Abgreifer so herumeumeln sehe auf der Suche nach nichts außer seinem Vorteil und seinem Prestige bei gleich ihm Seelenlosen, fallen mir immer diese Verse von Robert Gernhardt ein:

»Schaut, wie flink und frettchenhaft
er an seinem Brettchen schafft.«

Textur seidig, nicht komedogen

Wenn einer keinen lesbaren Text zustandebringen kann, fängt er an, von »Textur« herumzufantern. Die *FAZ*- und *FAS*-Cuisinepolizyste Jürgen Dollase exerziert das seit Jahren vor; was der alte Wallenstein-Sauerkrautrocker zu Ungunsten des Lesers zusammenzumpelt, kann man in jedem Seminar für präzises Schreiben als Material zur Abschreckung verwenden. So gesehen hat auch das Aufgedunsene, Angeberhafte sein Recht und seinen Grund.

Die »Textur« hat nach den Ausflügen ins Hamsterbackenfeuilleton längst wieder die Werbesprache erreicht, der sie ursprünglich entstammt; über eine Gesichtscreme las ich, dass sie »dank ihrer seidigen Textur genüsslich in die Haut einzieht und ihr ein intensives Gefühl neuen Wohlbefindens schenkt«.

Was Cremes alles können: genüsslich einziehen – wer genießt hier, die Creme oder die Haut? – und nicht Wohlbefinden, aber doch, das ist ein großer Unterschied, »das intensive Gefühl von Wohlbefinden« schenken. Außerdem ist die Creme laut Packungsbeilage »nicht komedogen«, was bedeutet, dass sie keine Mitesser und keine Pickel verursacht. Hut ab!

In der Zeit des Heranwachsens sagten oder sangen wir gern und häufig »Ich hau dir gleich, du Eiterschwamm, in deine Pickelschnallotingawamm...«; »Pickelschnallotingawamm« ist eine eher mild umschreibende Form der Bezichtigung »Pickelschnauze«, die unverblümt und direkt auszusprechen selbst wir jugendliche Pubertäter nicht über die rohen Herzen brachten.

Heute ist die Textur der Sprache derart sanft, dass man Pickel davon bekommt, wie auch das Lesen von Ausgehschreiberartikeln und Cremewerbetexten komedogene Wirkungen erzeugt, als ertappe man sich beim Betrachten von Komedogencomedians, die ihre Texturen herunterpromptern, bis der Hautarzt kommt.

Trick 17:
vergessen und vergeben

In der Dortmunder Küche von Frau Brandi las ich auf dem Kalenderblatt zum Tage einen Satz des 1966 verstorbenen österreichischen Schriftstellers Heimito von Doderer: »Reif ist, wer auf sich selbst nicht mehr hereinfällt.«

Ein kluger Gedanke, der einem etwas zum Selberdenken schenkt, ist ein guter Tagesbeginn; das bei Christen umläufige Wort »Tageslosung« meide ich dagegen strikt, denn seit der »Kinder-lieben-Schneider-Bücher«-Lektüre von Wald-und-Flur-Schinken wie »Horst und das Raubwild« weiß ich, dass in der Jagdsprache das Wort »Losung« schlicht und schmutzig Tierkot bedeutet und halte es seitdem mit dem populären Vers: »Nur ungern nimmt der Handelsmann statt barer Münze Losung an.« Die Christen juckt die Doppeldeutigkeit des Losungs-Wortes, sofern sie befähigt sind, sie als solche wahrzunehmen, nicht im geringsten; wer gläubisch ist, greift nach buchstäblich allem, was ihn in seinem Gläubischsein stärkt beziehungsweise gefangen hält.

Dass der zivilisatorische Vorgang des Reifwerdens zur Bedingung hat, sich selbst nicht mehr austricksen und betuppen zu wollen und zu können, ist wahr; angeboren ist das nicht, man muss es erlernen.

Man kann sich allerdings auch immer fragen. »Reif wofür? Um was zu tun oder zu lassen?«, und dann gibt es auch noch, was wir als Kinder »Trick 17 mit Selbstüberlistung« nannten, auch für Fortgeschrittene, oder wie Michael Rutschky einmal arg hochgestochen schrieb, »für avancierte cadres«. Man kann sich, das klare Bewusstsein darüber, was man tut vorausgesetzt, zugunsten der Selbstentwickung durchaus auch mal an der eigenen Nase herumführen.

Ein sehr weise gewordener naher Blutsverwandter schrieb mir: »Mein ehrliches englisches Motto ist ›Let bygones be bygones (forget and forgive past quarrels). That's it.‹«

Schon wieder ein kluger Gedanke, Denkfutter fürs Leben und sicher eine gegen andere wie sich selbst gütige, gültige Maxime.

Ich bin dabei; dachte ich froh bewegt, erinnerte mich aber auch an Personen, die das mit dem Vergeben nicht oder noch nicht hinkriegen, weil die Hürde subjektiv zu hoch ist oder zu sein scheint. Vergebung ist ein aktiver Vorgang, dem eine persönliche Entscheidung zugrunde liegt. Vergebung kann nicht eingefordert, verlangt oder per Dekret von außen auferlegt werden, sie wird aus freien Stücken oder aus Einsicht beschlossen.

Wer weiß, dass er, könnte er etwas Erlittenes vergeben und damit eine Last von sich abwerfen, besser und unbeschwerter lebte, dazu aber – sei es aus falschem Stolz, sei es, weil er sich in das Erlittene so hineingebissen hat, dass es zurückbeißt und ihn auffrisst – nicht in der Lage ist, kann den Umweg des Vergessens wählen. Da er wissentlich vergisst, handelt es sich nicht um dumpfe Verdrängung oder Abspaltung eines existenziellen oder lebensbedrohenden Problems, sondern um einen Trick 17: Was vergessen ist, muss auch nicht verziehen werden, es ist zum Verzeihen ja gar nichts da. Damit lässt es sich leben, und wenn sich die Stürme gelegt haben, kann man mit lässigerem Anlauf sogar das Vergeben versuchen.

Und aus klarem Selbstverständnis heraus »That's it« sagen.

So viel zum alten Schlachtruf »Nichts vergessen, nichts vergeben!« Der klingt politisch sehr entschieden, aber wer privat so lebt und handelt, lebt bitter oder er lebt nicht lang.

Labsal und Labertal

Das Mineralwasser im Hotel hieß Labertaler; das amüsierte mich, zumal das Labertaler Wasser dennoch ein stilles ist. Können stille Wasser labern? Einen vollsabbeln und einem das Ohr abkauen? In einer Welt, in der, wörtlich, »Mineralwässer« aus aller Welt für 20 und mehr Euro pro Liter verkauft werden und in der es, ohne Flachs, Sommeliers für eben jene Mineralwässer gibt, ist alles Überflüssige nicht nur möglich, sondern wahrscheinlich oder längst real, real nicht wie spanisch königlich oder wie reell, sondern wie richtig einkaufen angenehm leben. Würde mir das Wasser, kaum dass ich die Flasche geöffnet hätte, ein Gespräch aufzwingen? Nein, eher würde es wispern:

»Labertaler, Labertaler,
trinke mich, dann wirst du schmaler.
Trinkst du stilles Labertaler,
wirst du kein sentimentaler
und banaler Börpskopf-Prahler.
So zeigt sich ein kluger Zahler:
Er trinkt täglich Labertaler.«

Allen Befürchtungen zum Trotz wagte ich es dennoch, öffnete die Flasche, goss mir einen Becher ein und trank; alles blieb ruhig und still, das Labertaler schmeckte vorzüglich, und dann las ich die Angabe zum Mineralwasser hinten auf dem Etikett der Flasche. Eine Information sprang mir direkt ins Auge: »Quellort Schierling«. Ich betrachtete den leeren Becher in meiner Hand, erschrak, dachte »Also doch!« und wurde ohnmächtig.

Als ich wider Erwarten wieder erwachte, las ich weiter: Labertaler wird abgefüllt in 84069 Schierling. Schwer erleichtert füllte ich das Gefäß aufs Neue und trank einen weiteren Becher vom köstlichen Labertaler, dem inspirierendsten Mineralwasser meiner Kenntnis.

Männerausverkauf

In Bamberg war Männerausverkauf; so jedenfalls stand es in einem Schaufenster zu lesen: »Männerausverkauf«. Es waren aber gar keine Männer zu sehen, jedenfalls nicht in der Auslage; aber vielleicht hinten, im Lager? Das wäre doch der perfekte Skandal: Männer werden in Lagern gehalten und aus- oder auch abverkauft! Das aufgebrachte, immergleiche Geblöke – »Soweit ist es wieder gekommen in Deutschland!«, »Wehret den Anfängern!« undsoweiter – ertönte massenhaft, und die armen Würstchen mit dem zarten Saitling im Schritt hätten mal wieder schön etwas zu flennen, und das tun sie ja am liebsten und können es am besten.

Ich stellte mir vor, ich sei einer dieser paranoiden Pimmelanten, die wähnen, sie würden von Frauen unterdrückt und niedergemacht, die sich von – zugegebenerweise nicht immer sonderlich komplex gestrickten – beruflichen Sex/Gender-Heißluftpumpinnen umstellt und bedroht sehen und zwischen Fluchtreflex, Angriffsnot und Angststarre ihr kümmerliches Leben fristen. Ich müsste »Wann ist ein Mann ein Mann?« von Herbert Grönemeyer hören, oder auch von seinem Arztbruder Dietrich, denn das ist ja auch eine medizinische Frage, oder ich müsste den Macho-Matschkopf geben, und so viel Camouflage wäre mir zu anstrengend, das möchte ich nicht.

Es ist doch schön, wenn sich die Menschen etwas gönnen; »It's Raining Men« ist ein umwerfender, mitreißender und sehr lustiger Song voller Lebenslust und -kraft. Also bitte, liebe Damen, bedienen Sie sich, sofern Sie etwas Akzeptables finden und solange der Vorrat reicht. Nur bitte nicht »Schnäppchen« sagen; das ist wirklich entwürdigend, und zwar beiderseits.

Im Paketeland

Pakete, von Kindern oft »Kapete« genannt, sind etwas Wunderbares: Geburtstags- und Weihnachtspakete, Buchpakete, persönliche Pakete zwischendurch und »nur so«, also aus großer Sympathie und aus Freude daran, etwas Besonderes und damit einen wichtigen Teil seiner selbst zu verschenken, sind ein Quell der Freude, der seit meiner Kindheit nie versiegte, und die Fresspakete von Omma retteten mir in meinem ersten Berliner Winter schlicht das Fell auf den Rippen.

Für den Empfang der »Care-Pakete«, mit denen die Amerikaner die Deutschen am Leben hielten, was diese ihnen mit lebenslänglichem, psychologisch simpel auf Selbstentschuldung zielenden Antiamerikanismus danken beziehungsweise heimzahlen, bin ich zwar viel zu jung, doch hat mich die Sache etwas gelehrt: Eine Giftschlange, die man nicht zertritt, beißt irgendwann hinterrücks zu.

Auch die Lebensmittelpakete, die in Regionen der Welt geliefert werden, in denen Hunger produziert wird, sind immerhin konkret; in Deutschland hat sich dagegen das öde Abstraktpaket etabliert, das dann »Rundum-sorglos-Paket« heißt, »Rettungspaket«, »Steuerpaket«, »Rentenpaket« oder »Asylpaket«.

Was soll das sein, ein »Asylpaket«? Eine große Kiste aus Karton oder Holz, in die man um Asyl Ersuchende hineinstopft und dorthin re-expediert, wo sie aus Gründen nicht mehr leben können und wollen? Die Holzwolle, die als Dämmmaterial verwendet wird, können die Erfinder des Begriffs »Asylpaket« ihren Köpfen entnehmen; es ist reichlich vorhanden, und endlich waltet einmal der Überfluss.

»Asylpaket« heißt: Wir schieben ab, wir schaffen das, und leider ist das nicht so zu verstehen, dass die Abschieber sich selber dünne machten und verzögen, so im Sinne von »Komm schieb ab, Alter!«, sondern dass sie andere in Richtung Not und Tod schicken wollen, ganz sachlich und bürokratisch und ohne emotionale oder empathische Regung. Nicht einmal Wut ist im Spiel, die wird nur beim Gossenvolk geschürt aus kühlem Kalkül. Wie ein deutsches Sprichwort sagt: Was stört es den Eichmann, wenn ein Mensch sich an ihm reibt?

Wenn aus einem schönen, veritablen Paket eine Formel für sauber geregelte Unmenschlichkeit wird, weiß man, dass es verzichtbare Pakete gibt, Regelwerke, die das schöne Wort Paket nicht verdienen. Manchmal, in Momenten der Ermattung, stelle ich mir die Klischeefrage aus dem Kriminalroman: Wer steckt dahinter? Den Fotografen Jim Pakete, man möge mir diesen Kalauer großmütig vergeben, halte ich jedenfalls für unschuldig.

Aknezeichen XY ungelöst ...

»Gesucht wird ein gefährlicher Schreibfehler«, attert es einem Seriöstuer aus der durch Neigung und Gewohnheit vom Mund zum TV-Maul mutierten Gesichtsöffnung. Des Langen und des Breiten schildert der grundsympathische Berufsdenunziant die Untaten und das Gefahrenpotential des Delinquenten und beendet seine Angst- und Hysteriehypnose mit dem Satz: »Der Schreibfehler ist flüchtig.«

Wohingegen er, der TV-Mann, von der Stusswaffe Gebrauch macht.

Einkaufsdarmpassage

Einmal hatte ich heftige Magenschmerzen; eine befreundete Doktorin der Biologie, die gerade zugegen war, fragte mich angesichts meines etwas gequälten Gesichtsausdrucks, was denn mit mir los sei. Ich sagte es ihr, sie hörte aufmerksam zu, und anstatt mir gleich irgendeinen Ronny-räumt-den-Magen-auf-Krempel zu empfehlen, klärte sie mich auf.

»Der Magen«, dozierte sie, und weil das Dozieren nicht ihr üblicher Grundton ist, ließ ich's mir wohl gefallen, sei »ein Ansäuerungsbeutel«. Ich musste lachen, und sie, die Biologin, fragte mich, was denn so lustig sei. Ich hätte mir nur vorgestellt, gab ich zur Antwort, jemand unangenehm Mäkeligen und Trübtassigen ganz im Stil Käpt'n Haddocks, dem Meister in der Kunst der sinnungebundenen Beleidigung, mit den Worten »Sie Ansäuerungsbeutel!« von mir zu weisen.

Sie sprach unbeirrt weiter; wenn der Part der Verdauung im Magen abgeschlossen sei, beginne die »Darmpassage«. Ich dachte an die Nord-West-Passage, über die ich als Junge so viel gelesen hatte, an Magellan und an Amundsen, an Seefahrer, Abenteurer und Forscher. Dann fiel mir leider die Einkaufspassage ein, mein Bauchgrimmen verstärkte sich, denn nichts braucht die Menschheit dringlicher als immer noch mehr Einkaufspassagen vulgo Shopping Malls, weshalb die Welt ja auch mit ihnen vollgeprengelt wird, so lange, bis die Passage beendet ist und alles hinten wieder herauskommt.

Allerlei Geld

Es gibt das Schweigegeld, das Blutgeld, das Kopfgeld, das Schwarzgeld, das Schmiergeld, das »Fuck you!-Money«, wie Briten und Amerikaner ihr auf die hohe Kante gelegtes Geld nennen, das ihnen gestattet, eine Arbeit abzulehnen, die sie nicht tun wollen; das Haushaltsgeld, das Kostgeld, das Korkengeld, das Inflationsgeld und das Weihnachtsgeld sind, wie der legendäre Kohlepfennig, ein wenig aus der Mode gekommen, aber das Spielgeld, das Klein- oder Klimpergeld, das Hartgeld, das Spritgeld, das Fahrgeld, das Krankengeld, das Essensgeld, das Handgeld, das Übergangsgeld und das Ruhegeld sind durchaus noch geläufig.

Der Schweizer kennt auch das Sackgeld, was Taschengeld bedeutet, denn in der Schweiz ist der Sack eine Tasche, weshalb es auch das Sackmesser gibt, wobei es sich um ein Taschenmesser handelt, mit dem man sich üblicherweise aber nicht den Sack ab- oder aufschneidet.

Der zwischen Leipzig und Basel pendelnde Gewährsmann UD Braumann berichtete kürzlich von einem »Reuegeld«, das beispielsweise Schweizer Schwimmerinnen und Schwimmer entrichten müssen, wenn sie die Qualifikation für einen Wettbewerb geschafft haben, im Wettkampf aber dann doch langsamer schwimmen. Sie werden mit einem Reuegeld gebüßt, obwohl sie ja vorher Startgeld zahlen mussten, das aber nichts mit zwielichtigen »Start-Ups« zu tun hat. Muss Frau Zschäpe, die Ärmste, auch Reuegeld zahlen? Der Duden jedenfalls kennt das Reuegeld; es ist die Abstandssumme, die bei einem Vertragsrücktritt fällig wird und auch »das Forfeit« genannt wird.

Ich trat zurück von Adelheid,
der allerschlimmsten Frau der Welt.
Für Torheit zahlt man dann das Forfeit,
das reuelose Reuegeld.

Sommer

Scheißheiß ist es, ich habe das schon als Kind im Alter von fümpf Jahren gehasst, mit Masern bei 45 Grad im Campingzelt in Ligurien. Hermann L. Gremliza, der viele gute Sätze geschrieben hat, schrieb einmal: »I hate heat!« Ich unterschreibe alle drei Silben aus ganzem vollem Herzen.

Was soll der Sommer? Die Eigenbirne trocknet ein, die Leute werden noch aggressiver und dümmer, als sie sowieso schon sind, nachts kann man nicht nennenswert pennen, alles ist voller Insekten, gegen die es keinen Insektenbeauftragten gibt. Diese Jahreszeit ist vom humanistischen Standpunkt aus betrachtet überflüssig.

Medial wird einem alle halb- und naslang ein Gewitter mitsammen Temperaturverminderung versprochen – »Alles Lüge«, wie Rio Reiser sang. Man behilft sich mit kühlen Bädern, so gut es eben geht, viel nützt es nicht. Der Sommer ist der Kapitalismus unter den Jahreszeiten, außer zeigefreudigen Säuen braucht ihn keine Sau. Hauen wir ihn weg – und machen uns auf zur kühlen Commune!

Von Fritzen, Fuzzis, Heinis, Heinzen

»Ich muss dringend den Versicherungsfritzen anrufen«, hört man Menschen sagen, obwohl der Mann von der Versicherung sehr wahrscheinlich gar nicht Fritz heißt; sein Nachname jedenfalls ist Kaiser, aber Kaiser sind in Deutschland ins Gerede gekommen und ziemlich aus den Charts.

Wer Werbung macht, wird »Reklamefuzzi« genannt, Fernsehmitarbeiter sind »Fernsehheinis« oder »Fernsehheinze«, als ob die Welt aus Heinz Ketchup wäre, und aus dem TV-Apparat tritt des öfteren ja auch etwas sehr Klebriges aus. Jemanden als »Heini« zu titulieren, ist nicht nur despektierlich, sondern auch doppeldeutig: im Amerikanischen ist »heinie« ein Vulgärwort für Popo und Hintern; in Frank Zappas »Bobby Brown« heißt es: »I tell all the girls they can kiss my heinie«, und beim Fernsehen werden »brownie points« gesammelt vulgo Ärsche geleckt, weshalb im Verärgerungsfall auch von »Fernsehärschen« die Rede ist.

Gesteigert beziehungsweise noch geringer geschätzt als der Fritze, der Fuzzi, der Heinz und der Heini wird der »Fredie«, nicht zu verwechseln mit dem vergleichsweise respektablen Freddy: »Ey, was is' das denn für'n Fredie?« ist eben keine Frage, sondern ein Urteil, und zwar ein abschließendes.

Lieber Heinz, mach mich fromm, dass ich in den Ketchup komm...

Käsesprache, Sprachkäse

Ein österreichischer Käsehändler mit einem Stand in Berlin schenkte mir ein gut 120-seitiges Büchlein über Heumilchprodukte mit dem Titel »Käsesprache«. Weil ich Sprache liebe, auch im Plural und immer neugierig auf mir neue Wörter bin, dankte ich dem Mann sehr artig, kaufte ihm einiges an Heumilchbutter- und -käse ab und ließ mich kurz darauf in meiner Küche zu einer Brotzeit respektive Jause und zur Lektüre nieder.

Man kann Käse riechen und ihn essen; man kann aber auch Käse schreiben. »Käsesprache« entpuppte sich rasch als Flachwerbung und als echter Sprachkäse; es ist quasi Sprachkäs' ohne Musik. Ein zehnköpfiges »Expertenteam« hat die Broschüre zusammengetragen, Leute, die Wein- oder – ja, das gibt es – Käsesommeliers sind; sogar ein »Genusslobbyist« ist mit von der Partie.

Es geht um Aromen, um Fettgehalt und Geschmack; Kurt Tucholskys alte Frage »Wo kommen die Löcher im Käse her?« wird beantwortet, ohne dass die schöne Kurzerzählung erwähnt würde: Propionsäurebakterien sind für die Löcher dingfest zu machen. Den Autorinnen ist es um eine »Käsesprache für alle« zu tun, und die sprechen sie schon mal vor.

»Heumilchkäse kommt zu Wort« lautet eine Kapitelüberschrift, und man hört alle die Käses (oder Käsi?) schon munter schwatzen, disputieren und brummeln. »Jedes Produkt ist mit einem Steckbrief ausgestattet«, schreiben die Pat Garretts des Käses; mit Hilfe eines

Steckbriefs (oder Steckbries?) kann man Käse leichter einfangen, wenn er davonläuft.

Positiv gemeint fällt ein Urteil über Süßrahmbutter aus: »Vorbildlich glatt ist die Textur, mit seidigem bis molligem Mundgefühl.« Das könnte textlich-textürlich latürnich von Jürgen Dollase stammen, dem falschen Hasen von *FAZ* und *FAS*, ist aber von der »ARGE Heumilch Österreich« in Innsbruck zusammengekäst worden. ARGE hat nichts mit »arg« oder »aaaahhhrrghh!« zu tun, sondern mit ARbeitsGEmeinschaft, und diese spezielle ARGE will den Heumilchkäse anpreisen und unter die Kundschaft bringen. Ein »molliges Mundgefühl« klingt nach Tesa Moll oder Moltofill im Mund, und statt Käse in Dur zu verzehren, essen wir ihn als versierte Käsesprachler nun immer in Moll.

Shades of Willie Hodinsack

Das als Buch wie als seine Verfilmung konzipierte Marketingprodukt »50 Shades of Grey« schärft die Sinne besonders all jener, die beides nicht durch persönlichen Augenschein kennen; nähere Kenntnis könnte in Fällen wie diesem nur erkenntnisvereitelnde Wirkungen erzielen. Was durch Breibreittretungsorgane ventiliert wird, ist vollkommen ausreichend, um die Phantasie anzustacheln wie mit dem Stachelhalsband beziehungsweise, wie der geübte seelenölbohrende Schyschologe sagt, diese zu »triggern«, was stark nach der Reklame für eine Fetthärtungseiscreme klingt: »Trigger dir einen!«

Wenn ein 63 Jahre junger Mann mit seiner 47 Jahre alten Geliebten durch Hamburg streift und beide unverhofft und mehr aus vager Neugierde denn aus konkreter sexueller Gier einen »Sexshop« aufsuchen, weil der junge Mann in den Auslagen etwas entdeckt hat, dessen Anblick ihn so interessiert wie irritiert, verdankt sich das auch der Aufgepeitschtheit, die der Tratschsturm über die »50 Shades of Hades« in ihm auslöste. Objekt seines Interesses ist eine Art Gasmaske mit Schlauchverbindung zum Genitalbereich; zu gern wüsste er, was zu wissen er nicht im Geringsten bedarf, und so ist es oft mit jener Neugier, die zunächst die Katze und dann den Menschen umbringt: Die Frage, ob er unter Zuhilfenahme des Zubehörs, das ihm bisher noch ganz terra incognita war, den olfaktorischen Zustand seines Pillemanns überprüfen kann, so wie erfahrene Campingurlauber »erstmal die sanitären Anlagen prüfen«, bevor sie das Areal rechtsverbindlich betreten, lässt dem jungen Mann keine Ruhe mehr.

»Eine Gasmaske mit penalem Anschluss, ja, ja, ja, die brauche ich, unbedingt!«, jagt und japst es ihm durch sein gleichzeitig lustaufgeladenes wie gelangweiltes, hysterisches wie abgestumpftes Innenleben. Ob man vielleicht eine Art Zweierstecker bekommen könnte, um auch im Analbereich nichts zu wünschen übrig zu lassen?, fragt er sich, und die Vorstellung, dass Millionen von Menschen ihre eigenen Fürze abschnobern, verliert alles Muffige, denn die nächste »Shades of Love«-Party ist bereits terminiert, plakatiert und geflyert, und mit der Geschichte über seine sexuelle Lieblingsphantasie, die »Kaukasische Sprungschere«, kann er da nicht mehr landen, die ist »auserzählt«, wie man im Kulturbereich sagt, auch wenn die Idee, wochenlang nackicht und fastend auf dem Schlafzimmerschrank zu kauern und auf den »richtigen Moment« zum Sprung direkt und körpermittig in die Frau hinein zu warten, ihn immer begeistern wird.

Aber jetzt sind erstmal Verwämmsen mit Schmackes und James Bondage an der Reihe, Knecht Ruprecht kommt in Brillanthandschellen, und die 50ste Tasse »Shades of Earl Grey« schmeckt immer noch nach Seife.

Hack!

Während der Menschheit nichts Besseres einfällt als sich gegenseitig niederzumetzeln, abzuschlachten und zu zerhacken, sorgt die »deutsche Hackfleischverordnung«, die es tatsächlich gibt, für Übersicht und Ordnung: Wer in Deutschland frisches Hackfleisch verkaufen will, muss einen »Hackfleischschein« vorweisen können, sonst ist es nichts mit dem durchgedrehten Fleisch, und die Kundschaft, die je nach regionaler Herkunft Frikadellen, Bouletten, Fleischpflanzerln, Albondigas oder Löwenköddel herstellen möchte, kuckt bedröppelt in die Röhre. Die alte Regel »Frikadelle ist Vertrauenssache« gilt eben nicht nur an der Imbissbude, wo der naive Verzehrer auf seine Bitte nach einer Scheibe Brot die schnoddrige Antwort »Brot ist schon mit drin« bekommt, sondern schon vorher, an der Fleischtheke.

Das Wort Hackfleischschein gefällt mir gut; man kennt den Führer-, den Jagd- und den Segelschein, auch den schönen Schein und mehr Schein als Sein, aber der Hackfleischschein hat einen ganz besonderen Klang, allein schon durch die im Wort aufeinandertreffenden zwei »ess-zeh-haa«, die sonst auch in der Knirschschiene vorhanden sind. Wer den Hackfleischschein gemacht hat und das Wort unfallfrei aussprechen kann, kennt sich in der deutschen Hackfleischverordnung ein bisschen aus und weiß, dass frisches Hackfleisch ausschließlich am nämlichen Tag verkauft werden darf, während verpacktes Hackfleisch einen Tag länger in der Kaufhalle vulgo im

Supermarkt angeboten werden kann. Dann ist aber auch Schluss, zu groß ist die Gefahr bakterieller Verunreinigung.

In den Niederlanden gelten allerdings andere Gesetze; dort darf verpacktes Gehacktes sieben Tage lang verkauft werden. Ob es an den grässlichen »Bots« liegt, die der heutige Ken Jepsen-Kumpel Diether Dehm in den 1980er Jahren nach Deutschland einschleppte: »Was wollen wir essen, sieben Tage lang, was wollen wir essen, Gammelfleisch...«? Jedenfalls erkannten die deutschen Massenfleischhersteller ihre Chance, karren ihr Fleisch nach Holland, lassen es dort vakuumieren und etikettieren und können es, hastdunichtgesehen, auch in Deutschland sieben Tage lang verkaufen, Hackfleischverordnung hin, Hackschfleischschein her. Das Kriminelle findet immer einen Weg, so geht das.

Schön zwar klingt der Hackfleischschein, doch hilft er keinem armen Schwein.

Werbung und Winter

Die Zeiten, in denen es zurecht als peinlich galt, wenn berühmte Schauspieler, Musiker, Künstler oder Sportler ihr Konterfei oder ihre Arbeit zu Werbezwecken zur Verfügung stellen, sind längst passee; wenn Großmeister ihres Fachs wie Bob Dylan und Robert de Niro das tun, gibt es mir einen Stich, einzwei Ligen drunter, bei zettBe Brad Pitt oder George Clooney, ist es allenfalls unnötig penetrant und lästig, und als ich Frank Schätzing, der den Bestseller »Der Schwarm« zusammenstoppelte und sich seitdem für einen Frauenschwarm hält, als Unterhosenmodel fotografiert sah, gefiel mir das sogar als erkenntnisgewinnbringend: Wenn einer seinen Beruf nicht kann, klappt es immerhin mit würdeferner Eigenwerbung, das ist doch nicht so schlecht.

Verglichen damit mutet es geradezu rührend bieder an, dass der ehemalige König des Rodel-Rodeos, Georg Hackl (besser bekannt als »der Hackl-Schorsch«), auf der U4 – so nennen unsere Werbeprofis die hintere Umschlagseite einer Illustrierten – von *Auto Bild* Reklame für »Standheizung statt Eiskratzen« macht und es damit zum »Eberspächer Markenbotschafter« brachte; die Firma Eberspächer ist ein Hersteller jener Sitzheizgerätschaften, die allerdings nicht Standheizung heißen, sondern Mösenstövchen, Eierkocher oder Popogebläse.

Es war ein langer Weg von der, Zitat, »halbdebilen rasenden Weißwurst, der das Resthirn in die Kufen gerutscht« sei, wie die *taz* über Hackl schrieb, bis zum

Standheizungs-Testimonial. (Beim In-Die-Kamera-Halten eines kleinen digitalen Standheizungsstarters trägt Hackl eine gelb-schwarze Winter-Wetter-Trainingsjacke von adidas; adidas geht mich nichts an, aber Hackl in den Farben meines Fußballclubs, das geht zu weit.)

Nun zählen frühmorgendliches Eisabkratzen und Schneeschiebeschrappen tatsächlich zu den akustischen Verwerfungen, die der eigentlich so angenehm lärmdämpfende Schnee mit sich bringt; übler sind nur noch die Geräusche, die winterliche Karnevalistenhorden mit der Absonderung ihrer aggressiven Regressivität auströten. Und so sehr ich mir wünsche, das Salafistfucker, Islamisthaufen und bewaffnete Mohamettbrötchenanbeter im wahren Sinne Selbstmordattentäter wären, indem sie nämlich ausschließlich sich selbst erschössen oder sich in ein Tausend-Teile-Puzzle zersprengten und den Rest der Welt, der sie damit ein Wohlgefallen wären, unbehelligt ließen, muss ich einen erfreulichen Kollateralschaden melden: In der traditionellen Karnevalshochburg Braunschweig wurde aufgrund einer islamistisch motivierten Attentatsdrohung der Karnevalsumzug abgesetzt. Eine Massenbrüllwalze von Dreihunterttausenderstärke, deren Mitglieder es mit einem Grund- und Menschenrecht verwechseln, zu egal welchem Anlass vulgo »Event« so debil herumtorkeln zu dürfen, wie es der Hackl-Schorsch niemals vermocht hätte, heulte und jaulte auf; Glühweingiftmischer sahen sich am Boden zerstört.

Wen das nicht freut, der leidet an der schweren Depression, die in Deutschland Lustigkeit und Frohsinn genannt wird.

Gewinnen statt siegen

Ein Vorschlag zur Sprachabrüstung

Was wäre der Welt erspart geblieben, wenn die deutsche Sprache die Worte »Sieg«, »Sieger« und »siegen« nicht kennte und im Portefeuille hätte. »Sieg« reimt sich nicht umsonst auf »Krieg«, ein Sieger ist ein Krieger, wer siegen will, muss zuvor andere bekriegen. Dem Sieg wohnt etwas Triumphatorisches inne, eine Grundaggression, eine Entschlossenheit, andere niederzuwerfen, um selbst als Nummer eins dazustehen.

Vollends pervertiert wurde der Sieg durch das »Sieg heil!«-Gebrüll der Nazihorden, und wenn im Fußballstadion das bedrohliche »Sieg! Sieg!« aufgrollt, ist das »heil!« mitgemeint; entsetzlich rohe, dumme und ihre Roheit und Dummheit stolz ausstellende Anhänger hat jeder Club, auch meiner, zu meinem Leidwesen. Sportreporter faseln von »Siegergenen« und »Siegermentalität«, auch von »Siegerzigarren« war Zeitweise die zungenkrebsende Rede, als wäre das nicht Kokolores und ein ganz besonders unangenehmer noch dazu.

Dies alles wäre leicht zu überwinden, wenn man Sieg, Sieger und siegen durch Gewinn, Gewinner und gewinnen ersetzte. Wäre ein »Gewinnfried« mythentauglich und wagnerkompatibel? Kaum, und auch die »Gewinnlinde« hätte es Anfang bis Mitte der 40er Jahre des 20. Jahrhunderts kaum zum Frauenvornamen gebracht. Der Unterschied zwischen gewinnen und siegen ist das nach

Quietscheentchen klingende Quentchen Glück, das ein Gewinner braucht wie beim Kartenspiel oder der Lotterie; wer nicht verbissen gesiegt, sondern glücklich gewonnen hat, muss nicht auftrumpfen und ist er- und verträglicher. »Nie wieder Sieg!« schließt »Nie wieder Krieg!« mit ein; die dümmliche »So sehen Sieger aus!«-Anflanscherei unterbliebe, und »Siegertypen« genannte Dauergrinser und Zähnefletscher wären entwaffnet.

Wer siegt, hält das ausschließlich für sein eigenes Verdienst und bindet sich den passenden Orden chronisch selber um; wer gewinnt, weiß, dass er, so gut er dafür gearbeitet haben mag, eben auch Dusel und Schwein gehabt hat. Dass man lieber gewinnt als verliert, ist klar; genauso wahr ist, das man nur durch das Verlieren oder die bloße Möglichkeit dazu sein Welt- und Menschenbild, also seinen Horizont erweitern kann, statt ihn durch Fixiertheit auf dauerndes Immersiegenwollen zu verengen.

»Gewinn heil!« grölt sich einfach nicht gut, das holpert, und Holpersteine schaffen Gelegenheit zum Innehalten in einer erfolgsorientierten, auf Sieg und Sieger dressierten, zugerichteten Welt. Wie singt Bob Dylan in »Love minus zero, no limits« so gewinnbringend paradox: »She knows there's no success like failure and that failures no success at all.« Noch Fragen? Das wollen wir doch schwer hoffen.

Lieblingsmeldung

Ende Februar 2017 teilte die Polizei im rheinland-pfälzischen Kaiserslautern mit, dass ein 16jähriger Jugendlicher die Wohnung seiner Urgroßmutter verwüstet habe, weil der W-LAN-Anschluss dort nicht funktioniert habe. Die öffentliche Empörung war groß, von jugendlicher Verrohung war die allgemeine Rede, und das trifft ja auch zu.

Dennoch ist mir die geäußerte Fassungslosigkeit in dem Fall zu einfach und zu preisgünstig. Schließlich verfügt der 16jährige über so viel Wahrheitsliebe, dass er für seine üble Laune und sein ekelhaftes Gebaren keinen Vorwand suchte, sondern den wahren Grund angab: Ein W-LAN-Anschluss, auch einer von der eigenen 78jährigen Urgroßmutter zur Verfügung gestellter, hat gefälligst zu funktionieren, Punkt. Tut er es nicht, hat der W-LAN-Verantwortliche eben die Folgen zu tragen.

Ich stelle mir das Gerade-mal-drei-Haare-am Sack-und-nichts-in-der-Birne-Bürschchen beim Gerichtstermin vor. Konfrontiert mit der juristischen, aber moralisch unterfütterten Anklage wegen Vandalismus gibt der junge Mann an, das sei nun mal so, ohne W-LAN laufe nichts, kein W-LAN sei scheiße, Urgroßmutter hin oder her. Während der Jugendrichter noch nach Worten ringt, setzt der juvenile Delinquent noch eins drauf und brüllt: »Und das hier ist genau so ein Saftladen! In dieser abgefackten Dreckshütte gibt es doch garantiert kein W-LAN! Das ist doch das Letzte!«

Und fängt an, den Gerichtssaal kompetent zu vandalieren und zu zerlegen, denn das ist die vielbesungene Energie und das gepriesene Engagement der Jugend. Nicht der »von heute«, wie unsere Flennsusen zu jammern pflegen, sondern der von immer.

Greendenker, Querpeaceler

Wie so viele NGO's beziehungsweise NOGOs geht auch Greenpeace in der Vorweihnachtszeit verstärkt potentielle Spender und Helfer an. Fair enough; warum sollte Greenpeace verwehrt sein, was beispielsweise Abtreibungsgegnern gestattet ist, die zum Beweise der Existenz des Satans süß-sauer eingelegte Embryonen in gewaltigen Einmachgläsern liturgisch herumschütteln?

Von den mir nicht gänzlich unsympathischen Greenpeace-Aktivisten könnte man allerdings etwas weniger Plumpes erwarten als eine »QUERDENKER GESUCHT«-Kampagne; »Querdenker« ist eine Bezeichnung für Menschen, die daran gewöhnt sind, mit ihrem eigenen Kopf zu denken und nicht konformistisch mit den anderen Kindern herumzublöken, und die für diese Selbstverständlichkeit aber bitte nicht mit der Invektive Querdenker belegt werden wollen.

Als ich einmal – gut gemeint selbstverständlich – als Querdenker angetitelt wurde, zitierte ich sofort meine alte Freundin Carola Rönneburg, die in solchen Fällen hanseatisch kühl zu sagen pflegt: »Nimm ihn quer, hast du mehr.«

Leider hat sich diese schöne, lässige Sentenz noch nicht bis zu Greenpeace durchgesprochen, und so werden in der »QUERDENKER GESUCHT«-Ankoberei die Eigenschaften eines tiptoppen Greenpeacelers genauestens aufgelistet: »beharrlich genau wissenschaftlich unerschrocken glaubwürdig attraktiv kompromisslos kreativ durchsetzungsstark pfiffig engagiert gewaltfrei mutig visionär friedlich unabhängig«. Man wäre von dieser Lektüre auf den Tod müde, stünden da nicht auch die beiden Rettungsringvokabeln »pfiffig« und »attraktiv«. »Pfiffig«, das klingt so 50er Jahre-schmissig, nach Pfadfinderuniform, und »attraktiv« ist auch prima; wer sucht schon gezielt unattraktive Mitarbeiter?

Nachdem ich mir unerschrocken einen Löffel gewaltfrei geschleuderten Honig auf eine friedliche Stulle gestrichen und sie äußerst durchsetzungsstark verzehrt hatte, las ich das »Querdenker«-Schreiben noch einmal durch und legte es dann behutsam – dieses schöne Adjektiv hatten die Greenpeacekeeper vergessen –, aber durchaus mutig und kompromisslos ins Altpapier. Denn beim Abfall gilt: Der Mensch soll trennen, was er zuvor ungelenk zusammengefügt hat.

Alles »immer schlimmer«?

Wie oft ich in den letzten Jahren von den verschiedensten Leuten den Satz »Es wird immer schlimmer!« gehört habe, kann ich nicht exakt sagen; ich führe keine Strichlisten, aber nach meinem Dafürhalten und für meinen Geschmack war und ist die mal zornig, mal bitter, mal verzweifelt zivilisationspessimistisch oder schlicht resigniert vorgetragene Behauptung allzu häufig zu vernehmen. Die Beschwerde, dass »alles immer schlimmer« werde, findet ungeprüft Zustimmung, und jeder weiß eine abscheuliche Geschichte beizutragen. In Ostwestfalen werden fünf Männer von der Polizei angezeigt, weil sie ein sterbendes Unfallopfer mit ihren Smartphones filmten; die Lokalpresse kommentierte das mit den Worten, den Angeklagten drohten »empfindliche Geldstrafen von bis zu 1000 Euro«.

Die Empörung über eine Formulierung, die impliziert, dass unterlassene Hilfeleistung, Sensationsgeilheit buchstäblich bis zum Tod und eine schier unvorstellbare Roheit mit »bis zu 1000 Euro empfindlich bestraft« seien, ist nicht kleiner als die über die Tat beziehungsweise Untat selbst. Der Wunsch nach Vergeltung wird laut: »Geldstrafe? Nackt und frierend auf die Straße stellen, filmen und das sofort ins Netz stellen! Das wäre das mindeste!« Ich kann den Vergeltungsbedarf verstehen, ohne ihn in dieser Form zu teilen; aber was soll man mit mörderisch empathielosen, aggressiven Brüll- und Schlägertypen tun, die in Thüringen einen verängstigten, akut suizidgefährdeten 17jährigen Jugendlichen anfeuern und drangsalieren, bis er seinem Leben ein Ende macht und ihn dabei noch filmen? Ist das die letale Form eines sich selbst spiegelnden Voyeurismus, die ein Profifußballer des FC Bayern beim geselfieten Triumphgejubel auf etwas harmlosere Weise demonstriert?

Das namenlos Widerliche wird nicht weniger, und immer war es da; der Eindruck, dass es sich mehre, dass »es« eben »immer schlimmer« werde, verdankt sich zum einen den massenhaften Multiplizierungsmöglichkeiten in elektronischen Medien und Netzwerken, die ausschließlich deshalb »sozial« genannt werden, weil sie ihrem Wesen, ihrer Struktur und ihrem Gebrauch nach asozial sind, und zum anderen der Tatsache, dass der Mensch jeden Tag älter wird und dabei immer mehr Erfahrungen sammelt, die etwa so leicht und so schnell abbaubar sind wie radioaktiver Abfall; so wird in der Summe »alles immer schlimmer«, und die Geißel der selektiven Wahrnehmung bringt nicht wenige dazu, nur noch zu sehen und zu hören, was sie in ihrem düsteren Weltbild bestätigt.

»Das Leben ist herrlich«, schrieb der Kollege Günther Willen einmal, und das ist – bei aller Brüchigkeit ohne einen Anhauch von Zynismus – ganz wahr. Der Mensch, auch jeder einzelne für sich, kann wundervoll sein, abgrundtief sadistisch, unnachvollziehbar grausam und alles dazwischen; das war er, ist er und wird es auf unabsehbare Zeit bleiben und sein. Der Staat, statt sich dreist und übergriffig in die Privatangelegenheiten seiner Bevölkerung einzumischen, hat – ich sage das absichtlich in dieser staatsautoritären Diktion – seinen Pflichten nachzukommen, zu denen auch die Ahndung widerwärtiger Hassverbrechen gehört; beispielsweise hat er jede Form von Lynchmobbing zu unterbinden, oder, falls das misslingt, zu bestrafen. Dem Bedarf nach Vergeltung und den Foltergelüsten seiner Bürger darf er, egal um wieviele »Wir sind das Volk!«-Krakeeler es sich handelt, nicht nachkommen, sonst ist er am Ende.

Die Durchsetzung des Humanismus kann durch die Unermüdlichkeit Einzelner angeschoben und mit Leben erfüllt werden; sie ist aber ohne ein zu diesem Zweck verfasstes Staatswesen nicht zu machen. Ansonsten gilt, was Van Morrison auf seinem Album »Keep me Singing« so eindrucksvoll wie überzeugend beschwört: »The Pen ist Mightier Than The Sword.« Schön ist Janoschs Panama, schöner ist Utopia.

Konsequent! Konsequent!!

Jeder Gedanke, und sei er noch so klug, luzide und stringent, führt, wenn er nur konsequent zu Ende gedacht wird, in den Irrsinn.

Das festzustellen spricht nicht gegen das Denken, sondern gegen die gleichermaßen närrische wie mörderische Konsequenz, eine ortsunabhängig provinzielle Mischung aus Mangel an Neugierde, Offenheit und Lernfreude, die dumpfe Sturheit zu Charakter und Haltung aufzublähen sucht.

Wer vor lauter Konsequenz dieser Art nicht fünfe (oder, richtig, fümmwe) gerade sein lassen kann, wird »die Konsequenzen tragen« müssen – gern von Vätern oder Lehrern oder Lehrervätern gebrüllt: »Das wird Konsequenzen haben!« – und rechteckig enden; in der Konsequenz ist, in letzter Konsequenz, der Sarg quasi schon mit drin.

Ein Theater

In Ermangelung spielbarer jüngerer Stücke greifen viele Theater gern auf Klassiker zurück, die dann allerdings »aktualisiert«, also zerfleddert, umgeschrieben und auf den Horizont des Regisseurs zusammengestutzt respektive, in diesem Fall stimmt das Entsetzens- und Angeberwort einmal, »heruntergebrochen« werden. Es ginge aber auch anders.

Warum nicht ein berühmtes Stück von Friedrich Dürrenmatt nehmen, es »Die Pykniker« nennen und anschließend eine knappe Handvoll rundlich gebauter Herren in Anstaltskleidung über die Bühne schlendern lassen? Während sie darüber disputieren, ob allein in der Klapper die Gedanken noch frei sein könnten, spielt man TV-Schnipsel mit Bildern von Günther Jauch, Markus Lanz, Matthias Opdenhövel, Marietta Slomka und SKY-Fußballexperten ein. (Andere TV-Lemuren tun's aber auch.)

Das Publikum wird von Grauen ergriffen, viele Menschen weinen, anderen ist nur noch übel. Aus dem Erbrochenen des Auditoriums steigt der Geist von Hamlets Vater ... – nein, der von Steffen Seibert auf, der eine Kriegserklärung seiner Regierung an Griechenland und Russland verliest und anschließend um feierliche Kreuzigung bittet, er sei schließlich Christ, wenn nicht gar Christus. Weil man Schmierkäse aber nicht annageln kann, wird ihm das von den fröhlichen Pyknikern verweigert, die jetzt, da die Monster des Ekels in ihr Irrenhausidyll einbrachen, einen Ausbruchsversuch wagen. Eine Prätorianergarde in Hertha BSC-Trikots versucht ihre Flucht zu vereiteln, doch ihrem Anführer Michael Preetz gelingt es, sich auf wenigen Quadratmetern in zwei Minuten zwölf Mal zu verirren. Als seine Mannschaft ihn deshalb absetzen will, spricht er von »Meuterei, Intrige, Verrat« und fällt vor Aufregung versehentlich in den Orchestergraben, in dem hungrige Raubtiere aus dem Zoo herumstreunen, die ihn aber verschmähen.

Auf einen Fensterbrett stehen unterdessen die Pykniker und singen »Muss i denn, muss i denn, zum Städele hinaus...«, winken dem Publikum, verteilen Kusshände, verbeugen sich und zitieren erst die Grimmschen Bremer Stadtmusikanten: »Etwas Besseres als den Tod finden Sie überall, vielleicht sogar im Theater« und dann den Dichter Horst Tomayer: »Sie haben das Zeug zu mehr als Publikum.« Dann springen sie mit einem Salto rückwärts aus dem Fenster, ein griechischer Partisan geleitet den völlig gebrochenen Steffen Seibert von der Bühne, die Monitore mit den TV-Einspielern erlöschen, das Stück ist aus, großer Applaus, und dann gehen alle wieder nach draußen, in die freie Welt.

Vorschlag, mit knirschenden Tschähnen tschu schpreschen

Wäre esch, angeschichtsch- und angehörsch all deschen, wasch mit mühscham gebremschtem Hasch-Schaum tschwischen den Tschähnen über Flüschtlinge geäuschert wird, nischt angebracht, die Tscheitungen und Aschotschialmedien würden keine TV-Programme mehr drucken oder schenden, schondern Pogrom-Vorschauen? Esch dürfen gern auch Falschmeldungen schein, der Mob fände schisch ein und bekäme politscheilischerscheitsch schön wasch vor die Mappe. Pegida-Pedigree könnte schisch, deim hauscheigenen Analphabetischmusch treu bleibend, in »Pro Grom e.V.« umbenennen, und der friedfertige Teil der Menschheit würde schisch gansch selbschverständlisch scheiner Arbeit und der aktiven Flüschtlingschhilfe widmen. Da hätte man doch wieder rischtisch Luscht, die Demokratie tschu verteidigen, schtatt schie den Reschten alsch Fauschtpfand und Schipielball tschu überlaschen. Schetschen, Schöder, Tsche Esch U, tschetschen schecksch.

Zeitfensterln gehen

Ich saß auf dem Fenstersims und kuckte ins Wetter, als mir einfiel, dass es heute ja »Zeitfenstersims« heißen müsse. Ein Redakteur hatte mich angerufen, eigentlich ein heller Kopf und überhaupt keine Dunkelrunkel, aber die Frage nach beziehungsweise die Phrase von »dem Zeitfenster« war auch ihm entschlüpft. Nach dem Zivildienst hatte ich ein paar Wochen als Aushilfs-Fensterputzer gearbeitet; in jetzigen Zeiten beziehungsweise »Zeitenfenstern« hätte man mich über eine »Zeitfensterarbeitsagentur« als »Zeitfensterputzer« angestellt.

Es gibt Wörter, durch deren übermäßigen habituellen Gebrauch die Welt noch hohler, noch idiotieumwehter wird, als sie es ohnehin schon ist. Das Blähwort »Zeitfenster« gehört in seiner ihm innewohnenden Wichtigtuerei unbedingt dazu; es suggeriert, das man die Zeit, also auch die Lebenszeit und die Zeit auf Erden nicht mehr als Ganzes ansieht, sondern sie in Scheiben schneiden kann. Hätte Marcel Proust ein Werk namens »Auf der Suche nach dem verlorenen Zeitfenster« geschrieben? Gab es ein »Zeitfenster der Kirschen«? Brachten sich Menschen durch einen Sprung aus dem »Zeitfenster« ums Leben? Nicht dass ich wüsste.

Wäre ein noch so herabgesunkener Schnulzensänger dazu bereit gewesen, sich mit dem Lied »Ich steh' am Zeitfenster und wart' auf dich...« in eine Blamage zu stürzen? Und wäre es jemals zum »Prager Zeitfenstersturz« gekommen? Hatten Häuser »Zeitfensterfronten«?

Gab es »Zeitfenster mit Butzenscheiben«? »Panoramazeitfenster«? Hätte mein Vater jemals in wutschnaubender Geizsamkeit gebrüllt: »Zeitfenster zu! Wir heizen hier doch nicht für den Hof!«? Hätte die Menschheit je von einer »Zeitfenstermaschine« geträumt oder gehört? Gab es eine »zeitfensterlose Schönheit« und eine »zeitfensterlose Kunst«? Folgte das Meer den »Gezeitenfenstern«? War das Wort »Zeitmanagement« nicht schon aufgeblasen genug? Musste es nun auch noch ein »Zeitfenstermanagement« sein?

Und wie sah es in der Welt der Publizistik aus? Würde aus dem *Time Magazine* das *Time Window Magazine*? Aus der altehrwürdigen *Times* das *Times Window*? Aus der *Neuen Zürcher Zeitung* das *Neue Zürcher Zeitfenster*? Allein *DIE ZEIT* aus Hamburg, wo neben den Gespenstern von Bucerius, Dönhoff und Schmidt, protestantische »Pflichtethiker« allesamt, auch der Zeitfenstergeist spukt, hätte es sich verdient, in *DAS ZEITFENSTER* umgetauft zu werden.

Der zwischen Leipzig und Basel pendelnde Sprachforscher UD Braumann schrieb mir, er habe das Wort »Zeitpuffer« hören müssen, noch dazu aus dem Mund einer von ihm geschätzten Buchhändlerin, die ihm aber immerhin habe folgen können, als er sie gefragt habe, ob das etwas zu essen sei; mit der Formulierung »Zeitfensterpuffer« hätte sich diese Frage dann wohl erledigt.

Wie es so ist, wenn man sich für einen Sachverhalt interessiert und erst einmal so richtig erwärmt und entflammt hat, waren Braumann immer mehr seltsame Zeit- beziehungsweise Zeitfensterwörter ein- und aufgefallen. So gab es die »Zeitfensterschleife«, den »Zeitfenstermesser«, auch »Zeitfenstereisen« genannt, die »Zeitfensterrechnung«, im Sport die »Zeitfensternahme« respektive die »Zeitfensternehmer«, die »Zeitfensterachse«, das

Kaff »Zeitfensterhain«, den »Zeitfenstervertreib«, den »Zeitfensterdieb«, LTI-artig auch »Zeitfensterklau« genannt, ferner die »Zeitfensterbegrenzung«, die »Zeitfenstersparnis«, den »Zeitfenstergewinn« wie den »Zeitfensterverlust« und die »Zeitfenstererfassung«.

Auch die »Zeitfensterschiene« und der »Zeitfensterfresser« waren Braumann aufgestossen, der »Zeitfensterbedarf«, die »Zeitfensterdifferenz«, der »Zeitfenstermangel«, die verschiedenen »Zeitfensterzonen« und die »Zeitenfensterwende«. Die »Zeitfensterverzögerung« kam hinzu, die »Zeitfensterbestimmung«, auch der »Zeitfensterpunkt« durfte dem »Zeitfenstergenossen« ebensowenig fehlen wie »Zeitfensterraffer«, »Zeitfensterverlauf«, »Zeitfensterdauer«, »Zeitfensterkarten«, das »Zeitfensterraster«, die »Zeitfenstergeschichte«, der »Zeitfenstergeist«, die »Zeitfensterreise« und die aufgeplusterte »Zeitfensterlinie«, der »Zeitfensterverzug« und die »Zeitfensterskala«, die »Zeitfensterlupe«, der »Zeitfensterschritt«, der »Zeitfensterraum«, das »Zeitfensterintervall« und natürlich die »Zeitfensterschrift«.

Auch den »Zeitfensterrahmen« gab es, wie den »Zeitfensterzeugen«; »tickende menschliche Zeitfensterbomben« nebst »Zeitfensterzündern« waren in aller Munde, jedermann stand unter »Zeitfensterdruck«, der eine »Zeitfensterkonstante« war wie die »Zeitfensternot« und die »Zeitfensterumstellung«, und Radiohörer kannten das »Zeitzeichen«, das aber zu gut ist, um zum »Zeitfensterzeichen« degradiert zu werden, denn es hat mit den »Zeichen der Zeitfenster« nichts zu tun.

Ich saß weiter auf dem Fenstersims, rauchte eine schöne Kubanische und sah in frohem Sinnieren in den Abendhimmel. Als jugendlicher Leichtathlet, Schwimmer und Skifahrer hatte ich dann und wann meine »persönliche Bestzeiten« verbessert; waren das in Wahrheit

»Bestzeitenfenster« gewesen? Ach was. Und, jung und sportlich wie ich war, hatte ich etwas getan, das man »fensterln« nennt. Eine von mir verehrte Schönheit, deren Vermieterin wegen und gegen »Herrenbesuch nach 22 Uhr« aufpasste wie ein Schießhund, ein Luchs oder ein Lachs, obwohl ich doch gar kein »Herr« war, sondern nur ein jugendlicher Frischling, hatte spätabends ihr Fenster geöffnet. Dass sie ihr langes Haar herabließ wie Rapunzel, war schön, nützte aber nichts; ich musste die Fassade hinaufklimmen. Und schaffte es, innerhalb eines engen Zeitfensters zu ihrem Schlafzimmerfenster zu gelangen.

Ich nahm einen letzten Zug aus der Zigarre, schwang mich über die Fensterbank ins Zimmer und dachte leicht melancholisch: Wenn die jungen Burschen nicht mehr bei den Mädchen fernsterln, sondern nur noch »zeitfensterln« gehen, dann ist das doch ein unwiederbringlicher und für die Angehörigen der menschlichen Spezies tragischer Verlust an unmittelbarer Lebensfreude. Dann schloss ich das Zeitfenster, stellte es »auf Kipp« und ging die Tageszeitfensterung lesen, denn tagsüber hatte ich dazu kein Zeitfenster gefunden.

Detox, Botox, Fix und Toxi

In der Eingangshalle des Stuttgarter Hauptbahnhofs stand eine junge Frau und verteilte Werbegeschenke: ein Flacönchen »antioxidativer Liquid Care« von Lancôme für »die einzigartige All-in-One-Pflege« und dazu einen Viertelliter »Green smoothie« von der Firma »innocent«, in das die herstellenden Unschuldslämmer eine pürierte Mixtur aus »Apfel, Birne, Spinat, Grünkohl & Baobab« abgefüllt hatten; bei Baobab handelt es sich nicht um so etwas wie Maoam, sondern um die Frucht des afrikanischen Affenbrotbaums. Was von beidem sollte man trinken, womit sich beschmieren?

Dass ich pürierten Grünkohl trönke oder mich damit einjauchte, scheint mir beiderseits äußerst unwahrscheinlich; im Norden und Westen Deutschlands isst man Grünkohl mit Pinkel-, Brägen- oder Kohlwurst, mancher kocht und futtert auch ein Rauchendchen oder ein Mettende mit, nicht Rauch-Endchen oder Mett-Ende gesprochen, sondern zusammengezogen Rauchende wie »Rauchende Colts« oder Mettende wie »Die Wende«.

Sollte man sich die Würste in das Smoothie hineinschnippeln oder sie auch pürieren? Smoothie ist das Nahrungsmittel, das die Zeit zwischen Aufnahme von Babybrei und dem Lutschen von Nahrung aus der Schnabeltasse überbrücken soll; wie manche Frau das Leben zwischen Pubertät und Klimakterium auslässt und ausklammert, so ignoriert und überspringt mancher eben die Zeit zwischen Babydasein und Vollvergreistheit.

Smoothies sind gesund im Sinne von anti-krank; man nimmt sie nicht aus Gründen der Sättigung, des Durststillens oder des Genusses zu sich, sondern um Böses fernzuhalten, um sich zu entgiften und, völliger Unfug, »zu entschlacken«; der menschliche Körper produziert keine Schlacken, das überlässt er den Hochöfen. Doch es geht dem modernen Gesundheitsmenschen darum, ohne den Hautgout und die Anmutung von Reformhaus und Birkenstockschuhwerk eine Existenz als äußerlich sichtbar detoxierter Bessermensch zu führen.

Von Detox-Tees habe ich schon reden hören; Frauen berichteten mir auch von »Detox-Cremes« zum Zweck des sogenannten »Anti-Agings«, was nur teuer und völlig wirkungslos sei, doch mittlerweile gibt es sogar Detox-Restaurants. Lustigerweise klingt Detox ganz ähnlich wie Botox, nach vollkommen Fix und Toxi, und es gibt mittlerweile bereits »Botox to go«-Läden, für die kleine faltenglättende Nervenstilllegung zwischendurch.

Die Hoffnung der Detoxler dagegen liegt wahrscheinlich respektive wahrschleimig im Anagramm: Detox = Tod-Ex. Das klappt aber nicht, denn Freund Hein, der letzte verlässliche Demokrat, wetzt seine Sensenklinge für jede und jeden, »und das ist auch gut so«, wie ein regierender Berliner Schlawiner einmal sagte, der für das Verjuxen von Milliarden niemals eine Nacht im Kittchen verbrachte oder sonstwie dafür geradezustehen hätte. Ihn als politischen Smoothie zu bezeichnen, wäre nicht falsch; er kann aber auch als »antioxidativ« und als »Liqid Care« durchgehen. Am besten kippt man beides zusammen und schüttet es dann, selbstverständlich »achtsam«, in den Ausguss.

Erwachsenenbildung

Der Frühling ließ lange auf sich warten, und so beschloss ich, ihn herbeizurufen und ging zu diesem Zweck in meine Lieblingseisdiele. (Wieso heißt es eigentlich »Eisdiele«? Geht es um Brot und Diele? Oder um Eis-Dieler? Man weiß es nicht.) Mit Amarena- und Pistazieneis – »unser Weltmeister«, wie mir ein junger Mann hinter der Glasvitrine nahezu verschwörerisch mitgeteilt hatte – würde ich den Frühling schon hinter dem Ofen hervorlocken, wo er noch hockte.

Während ich also lutschte und zutschte und leckte, kam es zu folgender Begebenheit: Eine Frau drängte hastig ins Eislokal und fragte die ebenfalls weibliche Bedienung so gepresst wie gestresst: »Hammse Tolette?« Die Antwort kam prompt und verständnisvoll: »Ja, unten Kella.«

So lernen Erwachsene deutsch: durch Abweichungen von der Norm, auch Fehler genannt. Der aggressive Wahn, alles schon zu wissen und zu kennen, und das selbstverständlich korrekt und perfekt, wird durch als fehlerhaft angesehene Eigenheiten und Eigenarten korrigiert und humanisiert. Kinder brauchen jemanden, der ihnen die Grundregeln richtig beibringt, also beispielsweise Subjekt – Prädikat – Objekt, wie in »Peter ruft Flocki«, wozu allerdings kaum ein deutscher Berufsschriftsteller in der Lage ist.

Erwachsene aber lernen vor allem durch Missgriffe, seien es durch die anderer oder besser noch durch die Erkenntnis der eigenen. Durch Fehler wird man klug, und

Familie Kannallesschon mag sich ihrer Lieblingsbeschäftigung hingeben, dem hochnäsigen Drangsalieren anderer und dem daraus resultierenden, berechtigten sozialen Ausgestoßenwerden, der nirgends enden kann als im einsamen Suizid oder im verzweifelten Inzest auf der Hammse Tolette?, ja, unten Kella.

Mond ausknipsen bitte!

Im Lied vom »guten Mond« wird diesem Himmelsporcus bescheinigt, »so sti-hi-lle durch die Abendwo-hol-ken hin« zu gehen. Das mag stimmen, obwohl Zweifel angebracht sind, ob der Mond »gehen« kann, so bein- und fußlos, wie er da herumhängt am Firmament. Die Behauptung aber, der Mond sei »gut«, ist ein Schindmärchen. Kalt ist der Mond, in vollem Zustand sieht er aus wie eine Scheibe reifer Harzer Käse; ob er auch so riecht, weiß man nicht, dazu treibt er sein Unwesen zum Glück in zu weiter Entfernung, als dass er sich auch noch als olfaktorische Last erweisen könnte.

Zuzutrauen aber ist es dem Schurkenplaneten, der, obwohl in vielen schönen Liedern von Lunatics mit Luna-Tick besungen – wahrscheinlich, um ihn milde zu stimmen – grundböse ist. Heimtückisch – um nicht auf erdogansch zu sagen: heimtürkisch – schleicht er sich ins Innenleben des friedfertig Schlafenden, tapert und ölt dort sinnlos herum, stiftet Unheil und lässt den Schläfer einen Öddel zusammenträumen, der ihm noch am nächsten Morgen, nach der Gnade des Erwachens, wie ein Sack Zement auf dem Gemüt liegt. Dabei bringt der Mond nicht einmal einen anständigen Alpdruck zustande, sondern nur Konfusion und Unfug von der unlustig wirrsinnigen Art.

Könnte man in Zeiten, in denen militärische Wahnvorstellungen als »politische Entwürfe« gefeiert werden, das blöde Teil nicht einfach abschießen? Ich wäre dabei, würde meinen Pazifismus kurz an der Garderobe abgeben und mir selbst Befehl geben: »Kanonier Droste, Mond auf 12 Uhr – Feuer!« Und gut wäre dem Dinge, und dem nächtlichen Schlaf und der menschlichen Rasse wäre wohl getan.

Wem das zu martialisch oder brachial erscheint, kann ja dafür Sorge tragen, dass bei der nächsten bemannten Mondfahrt von einem Peterchen oder Pöterchen am Mond eine Ausschaltvorrichtung angebracht wird, die man von der Erde aus per Fernbedienung aktivieren kann: ein Knopfdruck, und der Mond hängt so stockfinster am Himmel, wie es in seiner eisigen Seele aussieht. Das wäre ein technischer Fortschritt, der meinen Beifall fände.

Man wird ja schließlich noch träumen dürfen – nur eben ohne Vollmond bitte.

Vom Restleben restleben

Die Stimme am Telefon wünschte mir »noch eine schöne Restwoche«; Klang und Färbung nach zu urteilen, gehörte sie einem Mann von nicht mehr als 25 Jahren. Es war ein Donnerstag gegen 15 Uhr; Donnerschlag, dachte ich, die jungen Dachse in der Bank – dort hatte ich angerufen – haben eine Frührentnerperspektive auf das Leben wie meine Eltern mit zusammengerechnet knapp 160 Jahren nicht.

Vom »Resturlaub« hatte ich – seit dem Frühjahr 1991 nicht mehr angestellt arbeitend – schon vernommen; geläufig waren mir auch die Worte Resteessen, Restverstand, Rest Room, Restalkohol, Restitution, Restaurant und Restmüll, und ein Gelsenkirchener Veranstalter mit dem nach Luigi Prezioso auf Platz Numero Due mich zweitneidisch machenden Namen Doktor Fint Hasencox hatte mich schon vor vielen Jahren darauf aufmerksam gemacht, dass sogenannte »Ü 40-Partys« in seiner Branche, aber auch von der Klientel »Resteficken« genannt würden, und das nicht nur von Schalkern, sondern auch von intelligenzzugänglicheren Existenzen. Menschen betragen sich oft schäbig, wenn man ihnen nicht ins Wort oder nötigenfalls in den Arm fällt.

Aber »Restwoche«? Also das, was dem unausweichlich folgenden »schönen WE« genannten Wochenende vorangeht? Wird es demnächst Standesbeamte und Pfarrer geben, die dem Brautpaar »eine schöne Restehe« wünschen, damit sie von Anbeginn wissen, was sie zu erwarten haben? Und wünschte man, beträte man versehentlich ein Zimmer, in dem ein Paar einander Gutes zufügt, diesem dann, um Entschuldigung bittend, »einen schönen Restverkehr«?

Ich weiß es nicht, und mein Restleben, wie lang es auch dauern möge, wird immer zu kurz sein, um dieses Restgeheimnis zu lüften.

Wohl wohl

Es hat sich im Journalismus eingebürgert, das in dieser Berufsdisziplin selbstentlarvende Wort »wahrscheinlich« durch die Vokabel »wohl« zu substituieren. Substantiell zeigt auch dieses »wohl« nur, dass der Autor im »Nichts-Genaues-weiß-man-nicht«-Stadium feststeckt, trotzdem die Druckertinte nicht halten kann und etwas Wohliges, Zum Wohl!, insinuierendes Wohlgefühl und Wohlbehaglichkeit Heraufbeschwörendes wählt, und der Klang des »wohl« ist eben auch ein Wohl-Klang, und spätestens seit Joachim-Ernst Behrends »Nada Brahma« kann jeder, der das wissen will, auch wissen, dass »die Welt Klang ist«.

Wenn man sich und andere allerdings der Schlagzeile »Deutscher Tourist auf den Philippinen wohl ermordet« ausgesetzt sieht, entstehen ein bösartiger Missklang und großes Missbehagen. Was soll das heißen: »Deutscher Tourist auf den Philippinen wohl ermordet«? Dass auch die Fragen nach Mord oder nicht Mord, nach Sein oder Nichtsein unangemessen und quasi im Schweins-Salopp mit »keine Ahnung, weiß nich', is' auch egal« beantwortet werden können? Oder dass der zu Tode gekommene Mensch »wohl«, also besonders zuwendungsreich und gut behandelt wurde beim Ermordetwerden? Dass es den Mördern wohl ums Herz war während oder nach der Tat?

Frei nach Robert Gernhardt gereimt: Ich weiß es nicht und will es auch nicht wissen. / Ich weiß nur eins: Ich find' das Hohlwort »wohl« un-heim-lich beschissen.

Denn eines ist in dieser sowohl gewissenlosen als auch an Gewissheiten armen Welt gewiss: Der ersatzvokabulär angewandte Einsilber »wohl« kann aus dem Journalismus ohne jeglichen Substanzverlust sowohl wohl als auch wohlgemut gestrichen werden.

Archipel Wullack

Wullacken ist das westfälische Wort für schwer arbeiten; man merkt schon am Klang, dass es sich beim Wullacken um harte Maloche handelt. Meinem Durch-dick-und-dünn-Freund gefiel das Wort so gut, dass er es, obwohl Schwabe, seinem Wortschatz hinzuadoptierte. Im Garten zu wullacken oder herumzuwullacken ist so anstrengend wie befriedigend und gibt, so einem keine Hexe in den Rücken schießt, die investierte Kraft großzügig zurück. Auch das Dichten kann eine Form des Wullackens sein; aus einem Klumpen Thema vulgo Stoff einen klaren, strukturierten Text zu machen, ist mitunter Knochenarbeit.

Wie trostlos dagegen ist eine Gesellschaft, die ihre Mitglieder der Möglichkeit des Wullackens beraubt hat, um sie zu sinnloser Tätigkeit oder Beschäftigung zu zwingen; im Wort Beschäftigung schwingt die Therapie schon mit. Erst kürzlich kam mir einer unter, der beim Finanzamt sitzend beschäftigt ist, jeden Tag ein großes Glas Nutella frisst (von essen kann in dem Fall nicht die Rede sein) und Kette qualmt. Er ist nicht schön rund und prall, sondern grotesk schwabbelig fett, sein Hobby ist Arsch-breit-sitting, auch sein Lebensgefährte lässt sich nur alle 14 Tage bei ihm sehen, und er wundert sich, dass ihm alles wehtut. So sucht er schließlich zweimal pro Woche einen Physiotherapeuten auf, der es richten und alles Unangenehme fortmassieren soll. Das geht über Jahre, seine Gewohnheiten als Nikotin-Nutella-Bombe ändert er nicht um einen Millimeter, und eines Tages erleidet der Sack Sülze von Mann den erwartbaren Schlaganfall.

Der Arzt im Krankenhaus, natürlicher Beutekonkurrent des Physiotherapeuten, bringt den Wackelpudding auf das, was er »eine Idee« nennen würde: den Physio auf Schadenersatz verklagen. Das tut er; den Preis für seinen Lebenswandel will er nicht zahlen, jemand anderer muss verantwortlich, nein: schuldig sein. Er sucht einen Sündenbock, der ihm sein Leben verpfuscht hat, und statt in den Spiegel zu sehen, sucht er sich einen jener hunderttausende von Juristen, der entwicklungsgeschichtlich auf der gleichen Stufe steht wie er, der Mann vom Finanzamt, mit dem niemand Mitleid hat, nicht einmal seine eigene Mutter. Nur der Jurist, den er dafür bezahlen muss, gibt sich noch mit ihm ab.

Ein Mensch, der nicht arbeitet, ist nicht mehr als ein Affe, schrieb – ich zitiere aus dem Gedächtnis – Peter Hacks an Heinar Kipphart; anders gesagt: Ein Mensch, der nie wullackte, ist ein armes Schwein, und das sind die gefährlichsten von allen.

Schreibt mehr Liebesbriefe, ihr Faulpelze!

Was man aus der Welt der Zweisamkeit zu hören bekommt, changiert zwischen betrüblich, erbärmlich und degoutant; Menschen trennen sich per sms, mehr ist ihnen nicht wert, was sie Liebe, Zuneigung oder doch zumindest wohlwollendes Scharfsein aufeinander nennten, wenn sie das zum Ausdruck bringen könnten. Bei der Agentur »Elite-Partner« versammelt sich der dünkelhaft viertelgebildete, ambitionierte Abraum des Landes, unter dem virtuellen Dach der Zuhälterbude »Parship« »verliebt sich alle neun Sekunden ein Single«; ob das überhaupt stimmt, sei dahingestellt. Hans Zippert hat dankenswerterweise darauf hingewiesen, dass es äußerst anstrengend und fruchtlos ist, sich alle neun Sekunden zu verlieben, und Gestalten, die »I l d« für »Ich liebe dich« in ihr Mobiltelefon tippen, dürfen von jedem auf diese schäbige Weise angekürzelten Empfänger schlicht erschlagen werden, sofern der das überhaupt für eine angemessene Reaktion und nicht für übertrieben erachtet, sondern »I l d« ganz normal findet. Den oder die muss man dann eben mit erschlagen.

Wer es nicht so mit dem Erschlagen hat, kann es mit Erziehung versuchen; Erziehung erfolgt weniger durch Worte als vielmehr durch Taten. Also geht man in ein gutes, inhabergeführtes Schreibwarengeschäft und nicht etwa in etwas mit »Mc« im Namen, sucht sich schönes, veritables Briefpapier und ein Schreibutensilium aus, mit dem man gern, leserlich und gut aussehend schreiben möchte und kann, kauft bei der Post nach Möglichkeit nicht die gängigen Wertzeichen, sondern fragt nach schönen Sondermarken, und dann verschafft man sich die Muße und nimmt sich die Zeit, einen Brief zu schreiben, immer eingedenk des sowohl Voltaire, Goethe, Mark Twain als auch Karl Marx zugeschriebenen Diktums: »Ich schreibe dir einen langen Brief, weil ich keine Zeit habe«.

Von unterwegs schreibt man Ansichtskarten; wenn das von jemandem, der Post sonst nur von der Bank, der Versicherung, dem Stromanbieter, dem Vermieter und anderen Quälgeistern und Luftabdrückern bekommt, mit den Worten quittiert wird: »Toll, dass du Postkarten schreibst; ich mache das ja nicht mehr, das ist mir einfach zu teuer«, gilt die unumstößliche Regel: Sofort den Kontakt abbrechen, alle Adressen und Telefonnummern für immer löschen! Geiz und Kleinlichkeit sind zwei der Kardinalübel einer von exzessiv selbstbezogenen Einzelmasken dominierten und geprägten Menschheit.

Wenn aber einer jammert und sagt: »Ich würde ja gern, aber ich habe einfach keine Zeit zu schreiben...«, so teile man ihm ruhig oder im Furor mit, dass er sehr wohl über genügend Zeit und auch Geld verfüge, um zu shoppen, sei es in der Mall oder im Netz, wo er sich tonnenweise Schuhwerk bestelle, das er dann gebührenfrei wieder zurückschicke, während der einzelne anständige Schuhmacher und Schuhhändler aber verderbe und dahinsieche, und so möge er bitte sich und anderen sein Gegreine über angeblichen Zeitmangel ersparen. Zeit hat man für das, wofür man sie sich nimmt.

Persönlich schreiben ist eine doppelte Freude: eine für den, der Post bekommt und eine für den, der sie schreibt, adressiert, frankiert und zum Postkasten trägt; man vermeidet durch dieses Prozedere auch vorschnelle, eruptive Schnellschüsse, die per Mail oder sms oft ratzfatz losgehen und manchmal irreparabel sind. Diese Vorteile hat sogar die sich selbst abschaffende Post als solche erkannt und zum »Tag der Briefmarke« eine 70-Cent-Marke mit dem Motiv »Liebesbriefe« herausgebracht. Also setzt euch auf eure faulen Ärsche und schreibt! Schreibt mehr Liebesbriefe! Es soll, wie man so sagt, »euer Schade nicht sein«: Niemandem wird mehr Liebe zuteil als dem, der Liebe gibt, ohne etwas dafür zu erwarten oder sogar zu fordern und zu verlangen. Klingt ein bisschen nach Rilke, stimmt aber trotzdem.

Klimabericht

»Das Zimmer war so schwarz wie die Zukunft eines ehrlichen Politikers«, heißt es in Samuel Dashiell Hammetts Meistererzählung »Das große Umlegen«. Der Satz fiel mir ein, als ich aus dem Fenster sah; Mittag war längst vorüber, doch draußen war es so dunkel wie in einem Hühnerarsch – auch wenn ich mich mit und vor allem in Hühnerärschen überhaupt nicht auskenne, aber ich nehme stark an, dass die Sonne anderswo scheint.

Es goss aus Eimern und in Strömen, regnete Katzen und Hunde, wie der Brite sagt, Westfalen sprechen von pläästern und gallern, und das ganze hatte nichts von der befreienden, reinigenden Erleichterung eines Sommergewitters, sondern trug apokalyptische Züge. Ob Eukalyptus gegen Apokalypse hilft, warf ich Sturmwind, Donner, Blitz, Hagel und Regenflut entgegen; es war mein Kalaueropfer, und ich gab es dem Herrn der Wetter gern.

Dann packte ich mich gemütlich wieder ins Bett, las ein Buch des aus Gründen verehrten sizilianischen Schriftstellers Andrea Camilleri, von dem mir so warm wurde, dass ich drauf und dran war, mich krank zu melden, Diagnose Willy Sonnenbrandt beziehungsweise Marlon Sonnenbrando. Schlagartig wurde es auch draußen taghell, und ich füllte das Kalauerschweinchen mit jenem jovialen Gesichtsausdruck, den ich einmal gebraucht gekauft hatte, bei Robert Lembke.

Im Team

Es gibt das Football-, das Baseball-, das Basketball- und das Hockey-Team, es gibt die Teamsters, die amerikanische Transportarbeitergewerkschaft, den Teamgeist und den Teamspieler. Im Deutschen ist das Sport-Team eine Mannschaft, aber das wird schwierig, wenn Frauen im Spiel sind; »Frauenmannschaft« klingt schon ziemlich absurd, außerdem könnte sich ein Mann, der von »Frauenmannschaften« spricht, eine so fruchtlose wie scharf geführte Debatte über »sexistischen Sprachgebrauch« einhandeln, und wer solch vollakademisch-halbalphabetischen Diskurs-Kokolores einmal erlebte, träumt nicht von Wiederholung, und falls doch, dann alb.

Und so ist auch das Deutsche inzwischen bestens verteamt, ob in der Bahn, beim Arzt oder im Hotel, überall winkt ein »Service-Team«, Sicherheits-Teams werden zusammengestellt, und bei Wiedereinführung der Todesstrafe würde das Exekutions-Team nicht lange auf sich warten lassen. Wer Team sagt, macht zwar nichts richtig, aber eben auch nichts falsch, und genau darum geht es ja: sich nicht die Finger und die Zunge verbrennen, also alles im Dunst des Wattigen und Vagen belassen. Wer sich nicht festlegt, kann auch auf nichts festgelegt werden. Da hilft die aufgeschäumte, macchiatisierte Sprache ganz prima.

Team hört sich dufte an, nach guter Atmosphäre und weitgehender Hierarchiefreiheit – einen Captain gibt es im Team immer –, man arbeitet gleichberechtigt zusammen, und Team hat auch einen cooleren Klang als beispielsweise Belegschaft, bei der man gleich das belegte Brot vor sich sieht. Sprache kann ein Instrument der Täuschung und der Lüge sein, aber wer ein offenes Ohr hat, entwickelt ein feines Sensorium und einen Lügendetektor. Team ist auch ein Mittel zur Einschüchterung; wer nicht mitspielt und spurt, handelt beziehungsweise »agiert« team-feindlich. Vom gutdotierten Chef bis zum unbezahlten Praktikanten sind alle ein Team, und in Wahrheit ölt jeder weisungsgebunden vor sich hin, vorgesetzt und »weisungsbefugt« oder »nachgeordnet«, wie Befehlserteiler und Befehlsempfänger heute heißen, die man als Mensch diskreditieren, zusammenfalten, kleinknicken und schurigeln kann, aber niemals sprachlich diskriminieren darf, das ist ganz wichtig.

Früher hieß die Firmenlüge »Wir sind hier alle eine große Familie«; »Wir sind hier alle eine große Patchwork-Familie« wäre ja doch etwas albern, aber mit Team, das selbstverständlich »erfolgreich« und »dynamisch« ist, kommen die meisten klar. Einst nach oben gebeamt, heute nach unten geteamt; Team ist so plump gelogen, dass die Kalauerkanone gezündet werden darf: Lieber intim als im Team.

Rote Linien

Wie oft ich in den vergangenen Jahren den Satz hörte, »Hier wurde eine rote Linie überschritten«, kann ich nicht sagen. Es gibt so viele rote Linien wie die täglichen Kerosinstreifen über dem Frankfurter und Berliner Flughafenhimmel; das Land ist überzogen von einem Netz roter Linien, vertikal, horizontal, parallel und im Zickzack einander kreuzend, es ist ein schier undurchdringlicher Verhau von roten Linien.

Seltsam mutet aber nicht nur der inflationäre Gebrauch der roten Linie an, sondern die Verwendung des Begriffs überhaupt. Während im Amerikanischen die »Red line« oder auch »Thin red line« sprachlich verankert ist, wirkt die rote Linie im Deutschen aufgesetzt und aufgemalt, wie eine der üblichen Simulationen eben. (Abweichung eins, für unsere Rätselfreunde: Vertausch im »üblichen« das »ich«, dann bist du fix beim üblen ich.) Im Deutschen ist eher »die Grenze« oder auch »die allerletzte Grenze überschritten«, während der die Zugehörigkeit zum Bildungsbürgertum insinuierende »Rubikon« ausgedient hat und offenbar versiegt ist; auch Cäsar ist aus der Zitatenwelt verschwunden, den riss Axel C. Springer mit sich ins Grab. Manchmal ist hierzulande noch melodramatisch »das Tischtuch zerschnitten«, aber eine rote Linie? Wer an seinem Unterarm eine rote Linie entdeckt, weiß, dass er eine Blutvergiftung hat. Alles andere ist verbaler Pustekuchen.

Wenn ich in jugendlicher Weltvergessenheit das Fenster zum Lüften auf Kipp stellte (Anmerkung zwei: Bitte nie »auf Kippe« sagen, eine Kippe raucht man entweder, bzw. wirft man sie weg, oder man bringt Müll dorthin), ohne vorher den Heizkörper auf Null zu stellen, stand, als hätte er's geahnt, mein Vater, der einer Generation angehört, die immer und überall Verschwendung wittert, im Zimmer und grollte: »Fenster zu! Wir heizen hier doch nicht für den Hof!«

Mein Fenster ging gar nicht auf den Hof, sondern auf die Straße. So spitzfindig konnte ich ihm nicht kommen, verkniff mir aber die gespielt naive Bemerkung nicht, »Wieso? Der Hof hat es doch auch gern schön mollig warm!« Mein Vater, eine Zornisse von Mann, antwortete barsch und klar, ohne eine rote Linie zu bemühen. Er sagte nur unmissverständlich: »Es reicht!« Bis heute halte ich diese Formulierung für vollkommen ausreichend, mit einer roten Linie muss niemand herumhantieren, zumal die Linie im deutschen Sprachgebrauch ebensogut blau, grün, gelb, violett et cetera oder schlicht klar oder schlank sein könnte, einmal durch den Farbkreis gejoggt und in die Malerpalette gesprungen. (Abweichung drei: Erst viel später fiel mir auf, dass »Heizkörper« ein treffliches Wort ist für Mann und Frau, wenn sie einander inniglich zugetan sind; viele Heizkörper haben Rippen, und der biblischen Legende nach wurde Eva von Gott aus einer Rippe Adams geformt.)

Die rote Linie aber wird weiter Konjunktur haben und Karriere machen in Deutschland; sie ist übertrieben genug, dass man sich gewichtig mit ihr aufblähen kann, das mag man hier. Wenn sich beim nächsten Mal eine dieser gerissenen alten Tanten an der Käsetheke vordrängelt, werde ich sie mutig andonnern: »Hier ist eine rote Linie überschritten!« und dabei eine ernste Miene aufsetzen.

So ist das mit der Blasebalgsprache: Die verwendeten

Begriffe gibt es gar nicht, dennoch sind sie in aller Munde. Wer rote Linie sagt, gibt sich den Anstrich von Klarheit und Entschiedenheit, von markiger Entschlossenheit zu kompromisslosem, kernig-kantigem Handeln; es ist reine Rhetorik. Eine rote Linie ist in der deutschen Sprache so einleuchtend wie der alberne Schaumstreifen, mit dem Fußballschiedsrichter eine Abwehrmauer zu reglementieren versuchen und dabei aussehen, als spielten sie zum ersten Mal im Leben mit Rasier- oder Teppichschaum.

Rote Linien? Ich ziehe rote Linsen, Rote Beete und sogar eine rote Nelke im Knopfloch entschieden vor. Und rote Lilien sowieso.

Endlich Flüchtlingshilfe

Eine Welt, in der »die Griechen erst mal ihre Hausaufgaben machen sollen«, ist die Welt von *Bild* und Markus Söder (NSCSU); solange dieser Leucht- und Wachturm nicht Präsident der Welthungerhilfe ist, wird das nichts mit der Gerechtigkeit für Deutschland. Es muss energisch gegen die Banden der Nepper, Schlepper, Bauernfänger vorgegangen werden, vor denen Eduard Zimmermann so kompetent wie vergeblich warnte; nur wer organisierte unterlassene Hilfeleistung als humanitäre Hilfe verkaufen kann, wird eine Welt retten, die Prioritäten zu setzen weiß: Wer stört, kann draußen bleiben, zum Scheißesein brauchen wir keine Fremden, das können wir besser, also Abmarsch, geht verhungern oder ersaufen, aber nervt nicht rum, und wozu haben wir bitte eine Polizei, die Nachhilfe leisten kann beim Hausaufgabenmachen im Hauptfach Abkratzen?

Und jetzt verzieht euch, es läuft gerade Fußball, und wie man Spielverderbern den Hahn abdreht, das wissen wir; es muss nicht immer der Gashahn sein, manchmal reicht schon der Geld- oder der Wasserhahn, hahahahahaha… Oder sorgt wenigstens für ein paar Deutsche unter den Opfern, dann kommt das »Wir!« nämlich aus dem Quark, ihr Marketingflaschen.

Untenrum rot

Capodanno in Catania

Von der Angewohnheit, pünktlich zum Jahreswechsel gute Vorsätze zu fassen, ist offenbar kein Ablassen. Kaum bewegt sich ein Kalenderjahr dem Ende zu, tritt der Mensch ins Stadium der Selbstermahnung ein und nimmt sich vor, sein Leben stark zu verbessern beziehungsweise, wie die Phrase es will, »sich neu zu erfinden«. Allerlei Vorhaben, mit denen man sich selbst und andere vor allem tüchtig quälen und kasteien kann, werden ausgeheckt oder, in der Sprache unserer Angeber, »projektiert«.

Menschen mit beschränkter Haftung für sich selbst entdecken die sogenannte Vorfreude beim Gedanken, wahlweise endlich mit dem Rauchen aufzuhören, Sport zu treiben, abzunehmen, gesünder zu leben, mehr »an sich zu arbeiten«, sich zu »optimieren«, mehr Zeit für die Familie zu haben (was der Familie Angst und Schrecken einflößt), ein Musikinstrument zu erlernen (was die Nachbarn in Furcht erstarren läßt), dem Psycho-Doc endlich eins auf die Glocke oder die dumme Nuß zu geben oder was auch immer. Fest steht nur, dass jedem Scheitern und jedem Sheitan wenigstens ein guter Vorsatz vorangeht.

Der Maxime »Du mußt dein Leben ändern« folgen zu wollen, muß nichts rilkehaft Simulantisches, sloterdijk'sch Auftrumpfendes oder sonstwie selbstüberschätzend Illusionäres an sich haben. Aber warum soll der unschuldige Jahreswechsel dazu herhalten? Was können Silvester und Neujahr für Stimmungen der Unzufriedenheit respektive des Aufbruchs? Als der im Gefängnis einsitzende Spaßguerillero Fritz Teufel von der revolutionären Parole »Heraus zum 1. Mai!« vernahm, kommentierte er sie trocken: »Mir ist auch jeder andere Termin recht.« So verhält es sich mit anderen Vorhaben ja auch.

In großes Erstaunen sah ich mich versetzt, als ich von der italienischen Variante des Neujahrsvorsatzes erfuhr: »Chi scopa capodanno, scopa tutto l'anno« – wer an Neujahr vögelt, der vögelt das ganze Jahr. Kann das wahr sein? Und ist es möglich, dass erwachsene Italiener das ernsthaft glauben? Aber sicher; Italien ist katholisch, der existentielle Unterschied zwischen gläubischen und abergläubischen Menschen ist, außer für sie selbst, nicht wahrnehmbar, und warum also sollten Leute, die beispielsweise die Vorhaut Jesu als Reliquie verehren oder priesterlich bebrummelten und beweihräucherten Devotionalien-Nippes sammeln, nicht glauben, dass eine sexuelle Begegnung am ersten Tag des Jahres quasi automatisch mindestens 364 weitere nach sich ziehen werde?

Damit die schöne, humane Vorstellung, an jedem Tag des Jahres das »fare l'amore« hochleben zu lassen, auch in der wirklichen Wirklichkeit Gestalt annehmen möge, schenken sich Italienerinnen und Italiener zum Jahreswechsel rote Unterwäsche, die sie dann auch tragen; am letzten Tag des alten und am ersten des neuen Jahres flanieren die Bewohnerinnen und Bewohner Italiens in roten Unterbuxen durch ihre Gemarkungen. Selbstverständlich ist die Unterwäsche durch Oberbekleidung takt- und stilvoll verhüllt, doch todsicher trägt Italien zum Jahreswechsel untenrum rot.

Auch mich erwischte es. Im sizilianischen Catania machte ich die Bekanntschaft einer Frau, die, wie Goethe über Thüringen schrieb, aus »einer der schönsten Landschaften Italiens« stammt. Mit blitzenden Augen und schimmerndem Lächeln schenkte sie mir eine feuereimerrote Unterhose, einen stark einkneifenden Herrenslip, dessen Aufschrift vorn am Sack mir eine rauschende, explosive Nacht versprach.

Selbstverständlich bin ich nicht abergläubisch, selbstverständlich zwängte ich mich mitsammen meines Gemächts in das knappe Teil, selbstverständlich lud ich die Schenkerin zum Eisessen ein, zu einem Gelato di Cassata Siciliana, dann spielten und spülten Goran Bregovic und seine neunköpfige Hochzeits- und Beerdigungskapelle auf dem Domplatz das alte Jahr fort und ließen Catania ins neue tanzen; viele Menschen trugen blinkende rote Teufelshörnlein, sogar einem Beaglewelpen hatte man ein Paar davon aufgesetzt, so dass der Hush-Puppie-Hund noch sorgenvoller dreinsah, als es die mit zu viel Fell für zu wenig Inhalt geschlagenen Beagles ohnehin schon tun.

Ob das Sprichwort »Chi scopa capodanno, scopa tutto l'anno« wahr ist? Ich weiß es noch nicht, aber eins ist gewiß: Rote Unterhosen lügen nicht, nicht in bella Sicilia.

Kommunikation

»Ich tausche mich gern aus«, sagte er, und als er begriff, was er da gesagt hatte, erschrak er vor so viel Courage.

Buddhismus
Ein Missverständnis

I.

Ich ging die Straße entlang, ein Mann in seinen Vierzigern kam mir entgegen. Abgesehen von einer orangefarbenen Windel trug er nichts. »Naja, Sommer eben«, dachte ich, »und manche wissen einfach nicht, wie das geht.«

Ich wollte passieren, doch er hielt mich auf. »Wissen Sie, ich bin Nuddhist«, erklärte er gewichtig. »Das ist eine asiatische Religion.«

»Aah ja«, antwortete ich gedehnt und wie interessiert. Er ließ die letzte Hülle fallen. »Ach du Sch...ande«, fuhr es mir durch den Kopf, doch dann gesellte sich der milden Verzweiflung ein tröstlicher Gedanke bei:

Wenn der Dalai Lama das hier jetzt erleben müsste, dann rutschte ihm sein professionelles Dauergrienen, das so gern als »Inneres Leuchten« beschrieben wird, vielleicht einmal im Leben aus seiner Vollgummiglommse. Und dafür hätte sich die eher triste und unangenehme Begegnung dann doch gelohnt.

II.

Beim Einkaufen standen zwei muskelbepackte Kawennsmänner mit eindrucksvollen Schultern und Nacken vor mir. »Gut, dass ich keine Holzfällersteaks und keine

Nackensteaks mag«, dachte ich. »Sonst könnte ich auf die Idee verfallen, die beiden beim Fleischer vorbeizubringen und anschließend als Jahresvorrat einzufrieren.«

»Ich pumpe jetzt nicht mehr nur«, sagte der noch etwas gewaltigere der beiden Humpen. »Ich hab jetzt nen neuen Trainer. So'n Kanten« – er hielt seine Arme etwa anderthalb Meter auseinander –, »aber voll was in der Birne. So richtig mit Philosophie und so.« Wie zum Beweise dessen patschte er eine Pranke von gewaltigen Ausmaßen gegen seinen Brägen, dass es klatschte. »Und weißt du, was der is? Muckibuddhist is der!«

»Klingt geil«, gab der andere zurück, »muss ich auch mal machen.« Er wuchtete etwa eine halbe Tonne Grillfleisch aufs Band, bei der Hälfte davon handelte es sich um Nackensteaks. Drei Kisten Bier wurden auch noch eingebongt, und dann schleppten sie ihre Beute davon.

Ich kann es nicht genau beschreiben, aber um irgendetwas beneidete ich sie, zumindest für diesen Moment.

Bratwurst

Von Juni bis August droht das öffentliche Sommerfest. Ob es sich dabei um einen längst entpolitisierten exhibitionistischen Christopher Street Day-Gaudiburschen-Aufmarsch oder um ein Arschgesichter-Defillee des lokalen Schützenvereins handelt – es gilt immer die gleiche Regel: Wer mit dem Sehen-und-gesehen-werden-Killefitt nichts anfangen kann, halte sich an die Bratwurst.

Das ist besonders vergnüglich, wenn man einmal beim Notting Hill Carnival in London böse schwarze Männer hat singen hören: »Yes it's true, they're quite polite, / but don't forget: they still are white« und dann einen deutschen sozialdemokratisch-grünen Abklatsch erlebt, der einer kalten Erbsensuppe gleicht. Bei Multi-Kulti-Veranstaltungen immer ausschließlich Bratwurst bestellen; multikulti essen wir Zuhause.

Das Sommerfest, auf das ich mit einem befreundeten Paar geriet, war verregnet. Die Bratwurst war passabel, aber ein eher wenig musikalisches Duo zwackte mit Liedgut wie »Griechischer Wein«, »Wann wird's mal wieder richtig Sommer?« oder »Ein Bett im Kornfeld« arg an den Trommelfellen herum.

»Ich glaube, die Band heißt auch Bratwurst«, seufzte ich; der männliche Teil des Paares nahm den Faden sofort auf: »Und ihr größter Hit heißt ›Curry me home‹«. Ein neuer Stern ging auf am Kalauer-Himmel; da wusste einer, dass die Kunst des gemeinsamen Kalauerns sich vollzieht wie einst das Zusammenspiel von Dembélé und

Aubameyang: die Situation erfassen und überschauen, schnell und präzise passen und dann das Ding elegant versenken! Dafür kann man schon mal ein Sommerfest in Kauf nehmen.

Q-Tips und IQ-Tips

Wann immer ich mir nach dem Baden, Schwimmen, Duschen oder Haarewusch die Ohrmuscheln oder auch die Gehörgänge mit Wattestäbchen trockne und behutsam putze, höre ich die Stimme des Sängers der britischen Band Q-Tips, Paul Young, einen Granden des White Soul, dessen Stimme nicht nur beim Singen von »What made Otis Blue« ein Lackmustest ist: Wer dabei nichts fühlt, der fühlt auch sonst nichts.

Q-Tips ist ein feiner Name für eine harte Arbeit leistende Band; die Ohren und die dazwischen liegenden Organe werden mit den Mitteln der Schönheit und der Leidenschaft gekärchert, danach kann wieder etwas eindringen und empfangen werden. Eine Ohrenspülung beim HNO-Arzt wirkt ähnlich; viele Harthörige tragen eine Art Ohrzement zwischen Ohreingang und Trommelfell mit sich herum, der vom Arzt erst eingeweicht, dann geduscht und zum Schluss abgesaugt wird, was schlürfende Geräusche verursacht ähnlich denen, die entstehen, wenn jemand mit einem Trinkhalm den letzten Rest Flüssigkeit aus dem Glas, einem Becher oder einem Tetra-Pak-Behälter saugt.

Bei Q-Tips fällt mir auch eine alte, ansonsten völlig vergessene Liebe wieder ein, die zwei Katzen in ihrer Wohnung hielt, die sie, wenn die beiden Weibchen rollig waren, mit Wattestäbchen masturbierte und befriedigte. Das schreckliche Geschrei gehe ihr auf die Nerven, und nach der Q-Tips-Anwendung sei Ruhe, erklärte sie nicht unplausibel; als sie mich aber fragte, ob wir nicht heiraten wollten, hatte ich trotzdem ein seltsames, mulmiges Gefühl, das in die Empfindung des Gerade-nochmal-Davongekommenseins umschlug, als sich ein anderer Abnehmer für sie fand.

Sehr wünschenswert scheint mir die Erfindung von IQ-Tips, mit denen man in den Kopf geprengelten Ballerbudenradio-Sondermüll wie »I love my life«, »Unter den Wolken«, »Die Welt ist klein und wir sind groß« und all das jungdeutschmemmige, pseudosoulige Herrensockengeheule aus den Ohren puhlen kann, bevor dieser Ohrenschmalzmörtel hart wird und mit dem Presslufthammer aufgestemmt werden muss.

Dann könnte Musik in die Köpfe hineinwehen, luftig oder tief und von substantieller Kraft. Himmlisch ginge es zu zwischen den Ohren, den Antennen der Seelenwelt, und alles Stumpfe, Dumpfe, Verblödende und Gemeine, Gehirne perforierende Breitwandbanale würde davongepustet mit einem Atem, der Blumenblätter und Seifenblasen luftiküssend tanzen lässt oder mit einem rauhen Sturmwind, der den Abraum der Welt vor sich her jagt wie Tumbleweed-Gestrüppkugeln durch die Prärie.

Und man sähe Gesichter, die das Wort Antlitz in sein Recht setzen.

Christenauflauf

... schmeckt nicht einmal mehr Kannibalen

Die ersten christlichen Missionare, die Afrika penetrierten, auf dass auch dort der liebe Gott kein guter Mann mehr sein dürfe, wurden von den Einheimischen mit Neugier und Interesse angehört, verstanden, ergriffen, in kochendes Wasser getan, gargekocht und weggegessen, und dann war gut.

Diese praktizierte Weisheit wurde vom Erdball verbannt, und seitdem ist es diesem Planeten versagt, im Universum eine ruhige Kugel zu schieben. Alle naslang verlassen die Gläubischen ordnungswidrig ihre Gehege und marodieren durch die Lande. Wenn man des Hirngrießbreis gewahr wird, der sich auf Christentagen zum Ringelpiez mit Kreuzigung versammelt, denkt man an Nietzsches Diktum »Gott ist tot« und weiß: Dafür jedenfalls ist er nicht gestorben.

Wäre ich Jesus, ich stiege herab und haute jedem und jeder einzelnen dieser Aasfliegen eine Schelle mit Kranz, dass es schepperte. Aber diese Arbeit kann ich mir nicht auch noch aufhalsen; vom Kretinismus muss sich die verbliebene Restmenschheit schon selbst verabschieden, sonst bleibt sie drauf sitzen.

Canossa oder Cabanossi?

Er habe einen schweren Weg vor sich, berichtete ein Freund, und weil er das Kalauern nicht lassen kann, schob er ächzend nach: »Das wird ein Gang nach Cabanossi.«

»Nimm einfach ordentlich Mostrich mit, dann rutscht es sich leichter«, gab ich zurück, und schon waren wir beide zufrieden und quitt.

Schwarzkappler, Schmäh und kleyne Schlampen

Wien ist charmant, inspirierend, kultur- und geschichtsgesättigt, kaffeehauslässig, psychoanalytisch tiefgängig, hat k.u.k.-monarchistischen Groove, ist architektonisch umwerfend, und weil in Wien der Balkan oder sogar die Mongolei beginnt, ist Wien alles, was Berlin immer so verbissen gern gewesen wäre oder wäre, aber niemals war, ist oder sein wird. In Wien kann man nur an und von Wien so high werden, dass man, mit Kinky Friedman gesprochen, eine Trittleiter braucht, um sich am Arsch zu kratzen.

Wie jede, jeder und alles hat Wien auch eine andere Seite, die »Schmäh« genannt wird, was überhaupt nicht schick ist, sondern übelwollend und so intrigant hinter- beziehungsweise hinternhältig, dass man adäquat grob hinterfotzig dazu sagen darf.

Der 25jährige mir bluts- und seelenverwandte junge Mann, mit dem ich unterwegs war, und ich verließen Wien mit dem Zug Richtung Allgäu; am Bahnhof Wien-Meiding, wo es galt, nach Salzburg umzusteigen, wurde der junge Mann von einem U-Bahn-Kontrolleur gestoppt, und das nicht verbal, sondern mit einem groben Griff an die Schulter und dem darauf folgenden Angeknurre, das Billet vorzuzeigen. »Kein Problem«, sagte der über so viel unnötige Rüdheit verblüffte Passagier. »Aber das geht auch ohne Anfassen.«

»Ich habe Anhalterecht«, blaffte der Schwarzkappler

zurück; Schwarzkappler ist die Wiener Bezeichnung für U-Bahn- und Tram-Kontrollettis und »Anhalterecht« ein Wort, das wie Abschiebehaft klingt oder wie das schweizerische »Ausschaffung« (= Abschiebung). Zwei Polizisten, die hinter dem Schwarzkappler standen, sprachen unisono: »Stimmt. Er hat Anhalterecht« und wirkten dabei so intelligent wie die Detektive Schulze und Schultze aus den »Tim und Struppi«-Comics von Hergé; die beiden in jeder Bedeutung des Wortes eineiigen Zwillinge spürten in ihrem Wahrnehmungsanalphabetismus ihre unfreiwillige Komik nicht im geringsten.

Es gibt Menschen, die desto mehr an Würde einbüßen, je mehr sie um Würde ringen, weil sie Würde mit Status oder einer Position verwechseln, die ja vollendet würdefrei erlangt und präsentiert werden kann. Der junge Mann sagte, er sei das von Zuhause anders gewohnt, das sei ja auch eine Stilfrage, woraufhin der Schwarzkappler und die Polizisten im Trio skandierten, als hätten sie's rhythmisch geprobt: »Wien ist onders!«

Ich mischte mich ein: »Das haben Sie jetzt aber sehr schön im Chor gesagt. Und dass Wien anders ist, stellen Sie ja gerade eindrucksvoll unter Beweis.« Der junge Mann lächelte amüsiert; der Schwarzkappler trat sphäreverletzend nah an ihn heran und sagte: »Woaßt wos du biiist? A kleyne Schlampe!«

Was für drei herrliche Streetworker, dachte ich; blutenden Herzens verlässt man das großartige Wien, und dann trifft man auf ein Trio banale, das einem den Abschied ein kleines bisschen leichter macht.

Lauter Pluräle

Es gibt Plurale, die so mächtig gewaltig sind, dass sie Plurals oder, noch treffender, Pluräle heißen müssten. Wenn der Arzt sagt, »Ihre Blutdrücke sind konstant gut«, dann ist das eine erfreuliche Nachricht, hinterlässt aber vor allem derart große Eindrücke, dass man so freude- wie blutdrucksteigernd fragt: »Und die Pülse? Sind die Pülse auch gut?«

Der Duden – Duden, Duden, was willst Duden? – erlaubt als Plural von Applaus die Applause, die nicht nur von Applausebengels und Kachelmannschen Applausemädchen gespendet werden. Darf man auch um Appläuse für einen Kollegen bitten oder die Rezensentenformulierung »tosende Appläuse« verwenden? Oder wären damit möglicherweise App-Läuse gemeint, also Viren? Oder Wirren, wer weiß das schon genau?

Ja, es gibt ihn, wie es alles gibt, auch den Plural des Grauens, ich sah ihn in Oldenburg / Oldenburg, einzig unter den Oldenburgen: »Frühstücke«! »Wässer« hatte es ja schon in der Teuer-Teuer-Gastronomie wie aus Eimern geregnet, sogar Sommeliers für »Wässer« wurden installiert; manche Plurale möchte man in der Regentonne ersäufen, von mir aus auch in den Regentonnen oder dem Regemtonnem.

Wenn man mich bittet, meine Gepäcke beiseite zu stellen, tue ich das; ich hätte es mit dem Gepäck oder den Gepäckstücken nicht anders gehalten, warum sich also bei Gepäcken sträuben? Als Betrüger gilt, wer wegen eines Betrugsdeliktes verurteilt wird; handelt es sich, wenn er mehrfach betrügt, dann um Betrüge?

Wenn aber ein Plural einmal richtig und dabei auch noch nachvollziehbar sinnvoll ist wie bei der »Speisenkarte«, wird er zwangssingularisiert zur »Speisekarte«, die so klingt, als gebe es nur eine einzige Speise im Angebot; manchmal ist es in Wahrheit und de facto ja auch so, dass von Nr. 1 bis Nr. 278 alles gleich schmeckt und dieses Eigentlich-nur-eins-Gericht dann auch de jure das Jüngste ist.

»Frühstücke« ist ansonsten kein Plural, sondern ein Imperativ wie »Isst isst, Kinder, damit ihr wächst!«, und das will ich dann auch gerne tun und das Heil Fasten! getrost den Wässersüpplern überlassen.

Doch zurück zur Tätigkeit des gedeihlichen Pluralens, das dann schon einen Asbach pluralt wert ist. Bei einem Besuch in der XXY-Klinik lernte ich in einer halben Stunde so viel über Pluralbildung wie in 13 Schuljahren nicht. »Dosinetten bitte bis 07 Uhr 30 abgeben«, las ich über einem Vertiko, brachte meine starke Rückhand ins Spiel und baritonte fröhlich: »Nehmt die Dosen nicht so schwer, jetzt kommt der Dosinetten-Bär, mit Kräuter-Dosinetten...«

»Bitte die Urine hier abstellen!«, mahnte ein vorsorglich laminiertes DIN A-4-Blatt auf einem Rollwagen. Urine! Auch nicht besser als der Singular, aber doch singulär! Es gibt nicht nur Primzahlen auf der Welt, sondern auch Primwörter, und sie haben weder mit dem schrecklichen Priemen, dem Verzehr von Kautabak, spucken inklusive zu tun noch mit nicht minder scheußlichem Vokabular wie »Prime Time«!

Lasst uns den Uriniengesang anstimmen!, zuckte es zwischen meinen Ohren, als ich eines Plurals gewahr wurde, der mir bis heute zum Niederknien schön erscheint. An einer Tür klebte ein Blatt mit der Aufschrift »Bitte daran denken: Die schmutzigen Möppe immer in den Wäschewagen werfen.« Möppe! Wie hinreißend und wundergleißend ist eine Welt, die Möppe kennt! Möppe, Möppe, Möppe, man möchte gar nicht mehr aufhören damit! Schluss mit Mobbing, hinein ins Mopping!

Es gibt Worte, die den ganzen Reichtum der Welt verströmen. Bei Urinen mag mancher diesbezüglich noch skeptisch sein; Möppe aber werden ihn überzeugen.

Pasta stulle

Eine Zahnreinigung stand an, ich ließ diese überhaupt nicht schreckliche, sondern leicht ertragbare Prozedur an mir vornehmen. Als ich »gut ausspülte«, wie die ausführende Zahnarztassistentin mir auftrug, kamen im Spülwasser allerlei harte Bröckchen zu Tage, denen ich vorher in meinem Mund Heimatrecht gewährt hatte. Nun flossen sie davon, ich sah ihnen ohne Wehmut nach und dachte: Der Zahnstein ist für den Mund, was der Urinstein für die Toilette ist: unnütz, unangenehm und unappetitlich. Das ist sicher keine attraktive Metapher, aber wo steht geschrieben, dass die Wahrheit über ihren großen Eigenwert hinaus auch noch zu sein habe, was manche eher oberflächenfixierte Menschen »attraktiv« nennen?

Zum Schluss der Behandlung wurden meine Zähne mit antikariöser Paste poliert, die auch genauso schmeckte; anschließend durfte ich eine Stunde lang nichts essen und nichts trinken, und so trug ich einen Geschmack im Mund spazieren, der sich anfühlte, als hätte ich eine Zahnpastastulle vertilgt. Das war nicht weiter tragisch; ich mag Pasta, ich mag Stullen, was also war gegen Zahnpastastullen einzuwenden? Von diesem Gedanken befeuert, kam ich einwandfrei durch den Tag.

Love minus zero

Es gibt Freunde, es gibt Menschen, es gibt, und das ist ein eigener Planet, Kinder, und es gibt die Leute. Die Leute sind die, die genau das sind, was der Begriff sagt: die Leute eben. Einmal drauf g'schissen bittschön, mit Senf; naa, a Semmel dazu brauch i net, und sogar zum ihnen ordentlich eine reinsemmeln sind sie mir zu fad.

»Ich liebe dich«, sagt der Mensch und meint es genau so: mit aller Irrationalität, Wildheit, alles andere wegplättenden Wucht, Sanftmut und zärtlicher Leidenschaft (die mit dem Sexualitäterä genannten Körpergewürge zu tun haben kann, aber nicht muss), mit einem Gefühl, das dem All = Alles verbunden ist, dem Ganzen, dem Kosmos, und dann bekommt er zur Antwort: »Ich wünsche mir eine verantwortungsvolle Beziehung.« Da ist es mit dem schönen Schwebezustand zwischen Sein und Schein und Leben und Tagtraum erstmal Essig, und das ist nicht Balsamico.

»Ich möchte eine verbindliche gleichberechtigte Partnerschaft«, sagt eine der den Leuten zuzuschlagende Existenz, und wer nicht nur Ohren am Kopf, sondern auch noch etwas dazwischen hat, rennt – nicht aus Feigheit, sondern aus Mut; ... und das Schlachtfeld der Liebe ist das einzige, auf dem der Sieger sein kann, der flieht..., singt Danny Dziuk.

Wer sich in die Welt des konfektionierten Gelalles fügt, muss sich dann auch bitterlich beschweren; warum sollte man das tun, wenn man sich mit dem gleichen Aufwand an Zeit und Energie und dem Zustupf der Klugheit erleichtern kann?

Und dann sieht man sie, diese die Welt mit sich voll latschenden Alt-, Immerschon- und Neo-Spießer, verantwortungsvoll, verbindlich und rhetorisch gleichberechtigt und vollrohr partnerschaftlich als Doppelpack achtsam, und ohne jedes Gefühl von Überlegenheit oder arroganter Weltbedauerung weiß, fühlt, riecht, schmeckt und atmet man: Wacker wie die Wackersteine sind die Leute, und ohne Liebe leben sie doch sehr anständig und respektabel.

Gesichtsmatratzismus

Im Alter von 49 Jahren trug ich einen Bart, der schwarz-grau-weiß war, dazu oft einen italienischen Borsalino und ein englisches Tweed-Jackett. Ich wog 25-30 Kilogramm mehr als sechs Jahre später und sah, wenn man es wohlwollend betrachten wollte, aus wie ein würdiger, stattlicher Herr in seinen besten Jahren. Man hätte aber mit Grund auch etwas anderes sagen können.

Bevor die gut hundert Päckchen Butter purzelten und das Jackett um entsprechend viele Konfektionsgrößen zu weit wurde, fiel der Bart. Denn Bart war Mode geworden, der Gesichtsmatratzismus fast schon Pflicht, gerade bei jüngeren Männern. Wenigen einzelnen von ihnen stand das, die meisten sahen konfektioniert-konventionell und schlicht scheiße aus und tun es noch. Es gibt Menschen, die buchstäblich alles tragen können, ohne sich zu entstellen. Sie sind aber sehr rar gesät. Auch deshalb gilt: Finger weg von Moden; man sei, bleibe oder werde auf seine ganz eigene Art klassisch.

Noch unappetitlicher als die ästhetische, in diesem Fall fast immer todsicher unästhetische Ausstrahlung – Wir essen in der Fischbratküche Stinkefische / an einem der versifften ollen Ess-Stehtische – ist das Fusselbartgesichtzeigen als Indiz für die Unterwerfung unter den Islamismus, den man angeblich bekämpft. Großes Mullahmaul, und alle Hintertüren offen.

Nice to meat you, Mister Breadford

Nach den Friseuren und den Fahrradhändlern bekommen auch die Bäcker den finalen Kreativkick bei der Namensgebung für ihre Läden und Produkte. Nachdem ich in Leipzig sah, wie Backwaren in einer Bäckerei namens »Die Brotagonisten« feilgeboten wurden, war mir schon ganz brotlos zumute; den Rest gab mir eine Bäckerei in Westfalen, die ein »Bread Pitt« anbot.

»Bread Pitt« – ich fühlte mich schon halbbrot angesichts des zwanghaft höllischen Irrsinns, als zum Glück die Brote Armee einmarschierte und dem Spuk ein Ende bereitete. »So oder so, die Erde wird Brot«, sagte der Rettungssanitäter, ein Brotgardist, um mich zu trösten, »entweder lebendbrot oder todbrot.« Seine Zuversicht hatte etwas Ansteckendes, und so bat ich ihn um ein Mutterbrot; ein Toast mit Wurst della morte würde mir sicher weiterhelfen.

Nachdem ich mich gestärkt hatte, heuerte ich bei den Brot People an, die als Schiffszwieback Dead Bread mit sich führten, planschte im Hades ein wenig mit Herman Brood herum, kriegte Appetit auf eine Abendmahlzeit und bekam in der Kirche eine Ob-la-di-ob-la-da-te mit Kaviar angeboten, von einem Vikar, der sich anschließend mit zwei Kollegen nackicht ins Himmelbread legte und als Sandwich präsentierte, denn der Mensch lebt nicht vom Brot allein.

Wenn schon Bäcker stolz ein Bread vor'm Kopf tragen

und ein »Robert Breadford« verkaufen, »Brotary Club« oder »Die Brotarier« heißen, was man auch als »Brot-Arier« lesen kann, also wie »Brot und Boden«; wenn es unzählige »Back Shops« gibt, was übersetzt »Rückenläden« bedeutet, weil »Back« englisch nun einmal Rücken heißt oder aber auch Hintern, ein »Back Shop« also im Fall ein Popoladen ist, in dem »Back Shop Boys« ihr Back-Werk verrichten; wenn Vegetarier Läden wie »Veni, Vidi, Vegi« betreiben und Veganer ihre Verkaufsbuden für politisch korrekt magersüchtige Bürgerkinder »Veganistan« nennen, wo einmal die Woche ein Fleischesser rituell gesteinigt werden darf – werden dann auch die Metzger und Fleischer des Landes nachziehen und ihre Verkaufsräume »Meating Point« nennen? »Nice to meat you«? »How to meat people«? »Where particular people meat«? Wird es in Agenturen, Redaktionen und Zwischenchefetagen demnächst »Meatings« geben? Wo sich dann bitte alle gegenseitig zerfleischen, wenn sie das nicht ohnehin schon tun?

Mir fällt dazu die Songzeile »One man's meat is another man's poison« ein, am besten gesungen von Van Morrison; fügt man aber dem Poison, dem Gift, was englisch Geschenk oder Gabe bedeutet, ein »s« hinzu, ist man beim »Poisson« gelandet, französisch für Fisch, den es dann freitags gibt, im Knastnapf als »Poisson à la Prison« hingeklatscht, auf dass sich religiöser und sprachlicher Wahn unentwirrbar verknäuele zu einem gordischen Knoten, der allenfalls in »Gordon's Dry Gin« aufzulösen wäre, aber statt hier auch noch über den Gin des Lebens zu reflektieren, lüge ich lieber höflich und sage mit unverbindlichem Lächeln: »Hope to meat you soon.«

Spiegelungen

Die Krankenschwester war ein Trumm von Anfang 60, sah keinen Tag jünger aus und wusste darum, ohne im mindesten daran zu zerbrechen. Sie war keine »Serviceleisterin«, sondern Krankenpflegerin und wuchtete schwere menschliche Geschosse weg. Sie wullackte und malochte wie am Hochofen, und sie konnte das. Auf einem Flur hörte ich sie zu einer ihrer Kolleginnen sagen: »Ich weiß gar nicht, was diese Oberärzte immer für ein Getue um Darmspiegelungen machen, wie gefährlich das wäre und nur etwas für ausgebildete Mediziner wie sie. Dabei mache ich das jeden Morgen und jeden Abend, wenn ich mir die Zähne putze.« Und dann lachte sie, als rauche sie 50 Fluppen am Tag.

Ich war auf der Stelle verknallt. Da war es, das Salz der Erde, das es aller Simulationsexistenzen zum Trotz immer gab, gibt und geben wird. Es ist nicht Atlas, der die Welt trägt, es sind diese Leute, die sie stemmen, Tag für Tag, wie Sisyphos, ohne dass sie von dessen Mythos je vernommen hätten. Wenn sie eine Gewerkschaft hätten, die den Namen verdiente, ginge es ihnen und der Welt erfreulich besser und beispielsweise börsianischen Abgreifern weniger feistusraclettushaft, dachte ich, und dann sah ich noch, wie sie einen schnaufenden Zweieinhalbzentnermann ins Krankenbett packte.

Mut auf Kredit

Mut zieht jene Sorte Neid nach sich, die dann oft in dem galligen Satz endet: »Ja, *der* kann sich das ja auch leisten ...«, obwohl sich da niemand etwas »leistet«, sondern bloß auf eine ihm ganz selbstverständlich und notwendig erscheinende Art handelt.

Menschlicher Glibber aber möchte auch mutig aussehen und simuliert also Courage de luxe, gern mit Courtage; für so etwas gibt es sogar Panther-Enten-Preise! Das schönste Mütchen ist das Gratismütchen, das man günstig kühlen kann. Dazu wird beispielsweise die öffentliche Kündigung eines privat längst intern oder völlig stickum aufgelösten Kontos gern genommen; hui, das scheppert und sieht nach Charakterorkanstärke 14 aus. Vergnüg' du dich auf deine Weise, ich geh' dann lieber still und leise, denke ich mir, von Ballast befreit, und singe eine Ode an die Freunde, die es in der Echtversion gibt.

Andersherum

In einem jener Blätter, gegen die jedes Baumblatt substantiell und sensationell zugleich wirkt, las ich die Überschrift »Die Welt nimmt Abschied von Helmut Kohl«.

Abgesehen von der Kühnheit, ein paar Handvoll zusammengekarrter Gestalten von höchst zweifelhaftem bis schlicht kriminellem Gebaren als »die Welt« zu bezeichnen: War es nicht eher so, dass Helmut Kohl längst Abschied von der Welt genommen hatte?

Das wollte ich, in aller Pietät, doch nicht ungefragt lassen.

Rost schläft nicht

Es gibt die Rostlaube, das ist ein altes Auto, die Rostbratwurst, die meistens nur mit sehr viel Sempf runtergeht, aber nicht wie Öl, und es gab den Fußballtorhüter Frank Rost. Die Rostkastanie dagegen gibt es nicht, nur die Ross- oder die Röstkastanie, aber es gibt das Rosten, das angeblich durch das Rasten entsteht, auf der Matratze, die auf dem Lattenrost liegt, der wiederum aus Holz besteht, nicht aus Metall, das Rost ansetzt, weil Rost, wie Neil Young, der alte Autofrickler behauptet, niemals schläft.

Rust never sleeps; Rost schläft nicht nur nicht, Rost arbeitet, frisst sich durch, setzt an und ist immer busy. Auf der Geburtstagsfeier einer befreundeten Sängerin war ihr 19jähriger Sohn, ein wild aussehender Punk, also in Wahrheit ein sehr liebenswürdiger Kerl, so freundlich, kühle Getränke aus der Garage zu holen. In der Garage aber lauerte der Rost und ließ sich auf den jungen Mann fallen, mitten ins Auge.

Das Auge errötete und vergoss Tränenflüssigkeit, die den ollen, hartnäckigen Rost aber nicht fortzuschwemmen vermochte. Der Jungpunk reagierte tapfer mit einem alten Handwerkerwitz: »Ich bin vom Gerüst gefallen, hab' aber Glück gehabt. Ich bin mit einem Auge an 'nem rostigen Nagel hängen geblieben«, fanterte er, den Schmerz mit einen Scherz herunterspielend und beiseite wischend. »The Kids Are Allright«, wie schon Pete Townshend wusste, der die »Kids« privat dann aber ein bisschen zu »allright« fand; jedenfalls widerlegte der junge Mann aufs Trefflichste Diedrich Diederichsens sauertöpfische und einfallslose »The Kids are not allright«-Beschwerde.

Doch der Rost war zu indolent, zu dämlich und zu kleinkariert, um diese Haltung mit stillem Sich-davon-und-aus-dem-Staub-Machen zu honorieren, sondern blieb und quälgeistete weiter. Das Angebot, ihn zum Arzt oder ins Krankenhaus zu bringen, wehrte der Jüngling würdevoll ab, da könne er auch hinlaufen oder die Straßenbahn nehmen. Das gefiel mir genauso gut wie sein zögerlicher Sinneswandel; nach viel gutem Zureden ließ er sich doch zur Behandlung fahren, wo der Rost angemessen notgetauft wurde und im Orkus verschwand.

Der Junge hatte eine Haltung aus Taffheit und Einsicht an den Tag gelegt und wurde mit freundlich-albernen Versen bewillkommnet:

Väterchen Frost
und Mütterlein Rost
hocken im Kompost
und trennen die Kost.
Sie tun's hier und jetzt, nicht in weiter Ferne
Man nennt das auch Telekompostmoderne.

Bremsen

Jeder halbwegs mit zwei Ohren und etwas dazwischen ausgestattete Mensch kennt Redewendungen, Floskeln und einzelne Worte oder Begriffe, die zu allergischen Reaktionen führen; bei mir sind das beispielsweise das Logiksimulantium »Also von daher...« – statt »deshalb« oder »deswegen« –, die unnötige, angeberhafte Bekräftigung »Aber sowas von...!«, das eintänzerlaunige, animatorische »Und? Alles fit im Schritt?«, das ausgeleierte und -geseierte »Ende Gelände«, das bedeutungsdröhnende »Ich schaufel mir das frei« oder das schmierig-verständnisheuchelnde »Da bin ich ganz bei dir«.

Auch die Bezichtigung »Spaßbremse« löst bei mir eher Unwohlsein aus, denn allzuoft erweist sie sich als Denunziationsmunition von Durchschnittsignoranten, die jeden diskreditieren müssen, der ihre spezifische wie konfektionierte Auffassung von »Spaß« nicht teilen möchte. Allerdings eiern auch Existenzen durch die Welt, deren einziger Lebenszweck darin zu bestehen scheint, anderen die gute Laune, zu der sie selbst nicht imstande sind, madig zu machen; nicht selten handelt es sich dabei um ökologisch durchsäuerte und durch Zusatz moralischer Hefe aufgegangene, vulgärende Teigware in Menschengestalt, so angenehm wie das blutsaugende Insekt namens Bremse.

Eine Freundin erzählte mir von einem Mann, den näher kennenzulernen sie das Missvergnügen gehabt hatte. Als sie ihm, berichtete sie, beim Liebesakt ein Kondom über den Schwanz rollte, habe er ganz genau wissen wollen und pingelig geprüft, ob es sich dabei um ein organisch-biologisches und fair gehandeltes, ja sogar »fair getradetes« Produkt handele, wie er sich ausgedrückt habe; schließlich habe er es nicht selbst mitgebracht, und das sei ihm schon sehr wichtig – was ihrerseits zu starker Fassungslosigkeit und zum Abbruch des privaten Vorgangs geführt habe.

Wir lachten dann beide sehr ausgelassen und hemmungslos schadenfroh, und dass sie den Mann eine »Spaßbremse« nannte, stieß mir nur deshalb etwas auf, weil ich die Bezeichnung in diesem Fall als geradezu sträflich milde empfand.

Frage

Frauen sind nach außen hin oft wetterwendisch und launisch, im Kern aber sehr klar, was ihre Interessen angeht; bei der Wahl der Mittel zur Durchsetzung sind sie nicht zimperlich, sondern universell manipulativ. Ob sie ihr Ziel mit Intrigen, Tränen, Sex oder unerträglichem Gezänk erreichen, um nur vier der Waffen aus ihrem unerschöpflichen Arsenal zu nennen, ist abhängig vom Gegenüber, der Situation und der Wichtigkeit der Angelegenheit für sie.

Männer vermitteln nach außen hin häufig den Eindruck von Entschlossenheit, Entschiedenheit und Stringenz; im Innern sind sie dann oft woddelig, konfus, unsicher, chaotisch, unentschieden und zaghaft.

Manchmal ist es auch umgekehrt, nur eines gilt immer: »passend« im Sinne von Topf und Deckel, Faust und Auge oder Arsch und Eimer ist es nie und sollte auch nie »passend gemacht« werden. Vive la difference!

So viel zum Stand der Dinge; die Frage ist nur: Hakt man etwas Gemeinsames als zwecklos ab und lässt es also bleiben, oder macht man etwas Fruchtbares – und nicht etwas Furchtbares – damit? Ich wäre für Letzteres, sonst geht es nämlich nicht weiter.

Mister O'Calau, I presume?

Was ist der Lieblingsfilm irischer Schafzüchter? – Sheep Throat.

Allet Jute oder watt?

Dass der Mensch eine Ware ist, kann jeder wissen, der mit Kapitalismus Umgang hat, also tatsächlich jeder. Es muss nicht gleich veritabler Menschenhandel, erzwungenes Kindersoldatentum, Zwangsprostitution oder Schleuserkriminalität sein – letztere wurde in der Bundesrepublik bis 1989 als »Fluchthilfe« gefeiert –; für die sich als gehoben empfindende Ware Mensch tun es auch ein bisschen Bevormundung und leichtere Drangsal, damit sie funktioniert und mitläuft wie geölt und geschmiert.

Den Angehörigen des mittleren und oberen Sklavensegments gehen die Sklavenhalter und Sklaventreiber um den Bart und um die Eier und schmieren ihnen Honig ums sukzessive entmündigte Mündchen; dafür, also für Werbung und Reklame sind PR- und Marketing-Abteilungen zuständig, in denen nicht wenige lerntechnisch intelligente Menschen ihr tiefenpsychologisches zusammenstudiertes Potential verkaufen, um das Konsumverhalten der in Zielgruppen parzellierten wie zusammengefassten Kundschaft zu analysieren.

Der Kampf um den Kunden ist in vollem Gange, und den erzeugten Bedürfnissen des »bewusst«, also besser Konsumierenden muss Rechnung getragen werden. Der Lebensmittelgroßhändler Rewe schenkt deshalb nicht nur die Parole »besser leben« und das inhaltlich ebenso vage Versprechen, »jeden Tag ein bisschen besser« werden zu wollen aus, sondern hat auch ganz konkrete Ratschläge parat.

»Beim Bücken in die Knie gehen, kräftigt den Rücken!« empfiehlt das Unternehmen in origineller Interpunktion; man kümmert sich um die Kundschaft, und auf das Bücken kommt es an. Auch das Devote muss gesund sein, aus Bücken wird eine Art Ergo-Bio-Bücken; so wird der Bückling machende Mensch zur Bückware und fühlt sich dabei gestreckt, gestrafft und emanzipiert.

Warum auch nicht? Schließlich befriedigt Rewe einen Teil des Gewissensbedarfs seiner Kundschaft und verbannt Plastiktüten aus seinen Filialen. So kann man beim Einkaufen Mutti Erde über die Straße helfen und mit Jute Jutes tun. Der pubertäre Scherz, Kondomautomaten mit dem »Jute statt Plastik«-Kampfruf zu beschriften, schimmert gegen das Gesundheits- und Wellnessbücken beinahe schon widerständig auf, und ein Werk des Zeichner OL hat es in meine persönlichen ewigen Charts geschafft: Man sieht einen Mann, der den Inhalt einer riesigen Flasche Domestos in die Toilette gießt und dabei hervorstößt: »Scheiß-Grüne, euch zeig' ich's!«

So soll es sein, wenn grüne Spießer, die wie im Fall ihres Tübinger Oberbürgermeisters Boris Palmer, dem Beschützer der deutschen, blonden Professorentöchter auch schon mal sehr braun ausfallen können, ihre Fürsorge über die Köpfe der Befürsorgten hinweg austoben. Dazu hört man dann »Sklavenhändler« von Ton, Steine, Scherben, volle Lotte auf Lotta continua aufgedreht, denn es gilt: It's not the ecology, stupid – it's the economy.

Was der Deal ist

Von allen akademisch gebildeten Menschen sind mir leicht angenatterte Professorinnen stets die liebsten gewesen. Sie sind immer noch klug und souverän, dabei aber etwas gelockert, der Beweisdruck, in einer männlich dominierten Neid-, Konkurrenz- und Ellenbogenwelt bestehen zu müssen, fällt peu à peu von ihnen ab, und auch das missgünstige Verhalten, das von Kolleginnen, anders zwar als von Männern, aber nicht minder tückisch und wirkungsvoll, an den Tag gelegt wird, spielt keine größere Rolle mehr. Es wird gejuxt, Betriebskalkül löst sich zugunsten einer fast naiven, vertrauensvollen Freundlichkeit auf. Hier ist die Frau ganz Mensch und weiblich, weil sie es sein darf, und der Wein oder der Champagner zeigen ihre wohltuenden Wirkungen. Das Schwere und Streng-Angestrengte, gern auch zum Sex/Gender-Gähndiskurs aufgepumpt, wird durch dezente Leichtfertigkeit oder sogar Ausgelassenheit ersetzt. So freundlich verantwortungslos könnte es immer sein und zugehen.

Später im Taxi wird deutlich, was wahre Emanzipation bedeutet: Der Mann behandelt die Frau gleichberechtigt, aber dennoch zuvorkommend und liebenswürdig. Er macht einen Unterschied zwischen Mann und Frau, der nicht verheerend herabsetzend, sondern auf schleimigkeitsfreie, undevote Weise verehrend ist; man könnte von einem milden, positiven und zivilisierten Sexismus sprechen. Männer, die das nicht begreifen oder Angst davor haben, werden klar eingenordet: »Das ist der Deal zwischen Frauen und Männern«, sagt die kluge, schöne Frau sehr dezidiert: »Ihr bringt uns bis vor die Haustür. Nicht mehr, aber auch nicht weniger. Und den Rest bestimmen wir.«

Männer, denen diese Selbstverständlichkeit nicht als solche bewusst ist, können sich auch gleich in die Stinkmauken schießen, die sie in ihren Köpfen und Herzen aufbewahren. So ist das geregelt, und so ist das richtig und gut.

Perfekt

»Und? Alles perfekt?«, fragt mich ein Bekannter; ich zucke zusammen und denke: »So schlimm wird es doch noch nicht gekommen sein mit mir, oder?«

Aus dem Polizeibericht

Berlin. Ein stellungsloser Gärtner wurde von der Polizei gefasst, als er in einer Gartenkolonie im Berliner Bezirk Lichtenrade unbefugt in ein Gewächshaus eindringen wollte. Der seit Monaten gesuchte Mann war flüchtig, weil er jahrzehntelang mit zwei Pflanzen, die voneinander nichts wussten, in Begonie gelebt hatte. Nachbarn hatten den Betrüger angezeigt, als eins der beiden Gewächse, eine hochgewachsene Yuccapalme, erfahren hatte, dass ihr Gatte simultan mit einem dichten Ficus verheiratet war und die deshalb in Durststreik trat, was sich bei einer Yuccapalme hinziehen kann.

Nun sitzt der Begonist hinter schwedischen Gardinen. Mehrere Pflanzenselbsthilfeorganistionen, darunter »Transgender Flowers« und »Pflanzen für Selbstbefruchtung«, sprachen sich für eine harte Bestrafung des Täters aus; das Pflanzenprominentenblatt »*Klatschmohn* schloss sich dieser Forderung an.

Ein Urteil wird noch für Ende des Monats erwartet.

Im Garten

Endlich ist der frühjährliche Christenquark von seinen Anhängern genügend durchgetrampelt – Ostern, Christi Himmelfahrt, auch »Peterchens Mondfahrt« genannt, oder, sehr herrenmenschenhaft, »Herrentag«, Pfingsten, das vom Volksmund auf »sind die Geschenke am geringsten« gereimt wird, Fronleichnam, was unschön nach Fron und nach »Wer nahm jetzt nochmal die Leiche?« klingt – nun sind sie end- und tatsächlich rituell und liturgisch fertig und durch bis November / Dezember, in deren klimatisches und klimakterisches Zappenduster sie ja auch viel besser hineinpassen.

Ich ging ins Gartenparadies, Blümekes und Sämereien kaufen, die Gärtnerei war optisch wie olfaktorisch wonnenreich: Jajaja, das möchten wir alles harrrben! Rhododendren – allein schon wegen des 3-D-Effekts in »dodendren«! Phlox! Vergissmeinnicht! Kamelien! Und die dazugehörige Dame!

»Dipladenien«, las ich auf einem Schild, und so etwas gibt es wirklich; ich kannte diese Blumen noch nicht und kaufte sie ein, auch Dahlien, Petunien, Lavendel und vieles mehr zum Einpflanzen, in die Doofmannerde meines Schädels, die Namen lerne ich dann noch, mir macht das Fremde Freude, und wenn man mit der Wasserbrause Blumen besprüht und die Sonne richtig steht oder man sich richtig zu ihr hindreht, entstehen Regenbögen, das ist dann schon sehr schön.

Ich hörte Van Morrisons wunderbares Lied »In the

Garden« und notierte in meiner Zuckerrübe: Schönheit entsteht durch die glücklichste Verbindung von Inspiration, Arbeit und Geschick, sichtlich in der Malerei, der Bildhauerei, der Architektur und im Landschafts- und Gartenbau, hörbar in der Musik, in der gesprochenen Sprache und im Gesang der Vögel, lesbar in der Poesie, in der Literatur, in der Philosophie. Manche nennen das Zufall, weil dem Schöpfer von Schönheit ja etwas zugefallen ist, eine Idee, ein Blumenstrauß der Erkenntnis, ein Gedanke, ein Musenkuss, eine Inspiration eben. Zufall allein genügt aber nicht, man muss für ihn bereit und hellwach oder auch somnambul verträumt genug sein, um diesen Glücksfall auch erfassen und den Glücksball auffangen zu können.

Die biblische – und genau deshalb communistische – Analyse, dass der Mensch »nicht vom Brot allein« lebe, ist so kalenderblattisiert, dass sie banal wirkt, was aber nicht stimmt. Das Brot ist die Voraussetzung dafür, etwas darüber hinausgehend Schönes um der Schönheit und der Freude daran willen schaffen zu können. »Brot und Rosen« war ein Slogan der Frauenbewegung, als sie noch etwas taugte, statt *Brigitte*-kompatibel und mit Alice Schwarzer sogar *Bild*-tauglich zu sein. Garks.

Lass uns das Schöne tun,
wenn wir's nicht gestern taten, tun wir's eben nun.
Ja, immer wieder, schön direkt heraus –
der olle Öddel kommt ja sowieso frei Haus.

Team-Erziehung

Auf dem Gehweg, von Fahrradfahrern, den neuen Gutfaschisten, notorisch als »Geh weg!« missverstanden, nahm ich pädagogisch veruntreute Erstklässler wahr, die »Was sind wir?« – »Wir sind ein Team!«-Plakate in Din A-Null-Großformat hochhielten und, süße unschuldige Dötzis allesamt, diese Doppelparole auch piepsig krakeelten: »Was sind wir?« – »Wir sind ein Team!«

Was haben ihre tofften Erzieher eigentlich gegen Jungvolkpimpfe einzuwenden?

Religionsfreiheit

Religionsfreiheit ist nicht nur die Freiheit zur freiwilligen Wahl einer Religion, sondern auch, und zwar kein Deut weniger, die Freiheit von Religion. Man muss diese unter zivilisierten Menschen humanistisch selbstverständliche Tatsache ab und zu wieder in Erinnerung bringen, denn die Christen wehren sie hartnäckig ab. Kaum dass man sie etwas gezähmt hat, nehmen sie den durch Europa mäandernden muslimischen Glauben zum sichtlich und hörbar willkommenen Anlass, ins alte Muster des religiösen Größenwahns und der missionarischen Raserei zurückzufallen.

Die Stadt Leipzig hatte Katholikenbefall, gab eine Million Steuergeld für den Katholikentag aus, und selbst der Gutmütigste oder Desinteressierteste fragte: Wieso das denn? Wofür? Kriegen die nicht schon Kirchensteuer von denen, die diesen Obolus unbedingt entrichten wollen? Müssen Nichtgläubische auch zahlen, wie nicht fernsehende Menschen die GEZ-Gebühr? Und sich dafür noch von der Seite anglauben lassen?

Genau das wird man: angepetert und -gepault, denn viele Christen sind unverbesserlich penetrant mitteilungsbedürftig und dabei so fixiert und beschränkt, dass sie nicht begreifen, akzeptieren, sportlich hinnehmen und sich überhaupt vorstellen können, dass es Menschen gibt, die sich für ihren Magerquark nicht interessieren und damit in Ruhe gelassen werden wollen; nicht aus Verbohrtheit oder Verstocktheit, sondern weil der Matsch ihnen nichts sagt, nicht schmeckt und nicht gefällt. Statt sich also von Zivilisierten etwas abzuschauen oder sie wenigstens in Ruhe zu lassen, machen sie den Säkularisierten, die es gerade auf dem Territorium der nicht mehr existenten DDR reichlich gibt, »Gesprächsangebote«, und dies in einer textilen wie rhetorischen Bekleidung, die an Reizlosigkeit und Unattraktivität schwerlich zu übertreffen ist. Das entspringt nicht dem Wunsch nach einfacher, gewählter Schlichtheit, sondern einer geistigen Armut, die nicht selig, aber sehr redselig macht.

Doch tolerant, wie freundlich und unfanatisch Ungläubige sind, also weit toleranter als jeder Toleranz nur predigende, aber nicht praktizierende Gläubische, ging man nicht Katholen versohlen und Christentanten veronkeln, sondern ließ sie gewähren, getreu dem Grundsatz »Der Klügere gibt nach«, der nur einen Nachteil hat: Folgt man ihm, gewinnen am Ende immer die Dummen, die sich die Duldsamkeit der Vernünftigen dann als Erfolg ihrer Propaganda ans Revers heften, mit diesem duseligen Glattgesichtlächeln, an dem der Kundige sie zu erkennen weiß.

Correcturi al gusto

Das sogenannte Korrekturprogramm meines Rechners hat beschlossen, sein Dasein originell zu gestalten. Aus »Irland« macht es »Iraland«, Ira wie Irish Republican Army oder wie ira = der Zorn oder wie Ira Gershwin; »wir« wird »wirr«, da wird respektive wirrt es dann schon etwas frech, und jedesmal, wenn ich »Vitello« schreibe, erfolgt automatisch die eigenmächtige Änderung zu »Video«. So wird aus einem köstlichen Vitello tonnato schnell ein bizarres Video tomato. Ave Caesar, correcturi te salutant...

Wahre Werte in Milligramm

Über die Gefahren, die ein berufsmäßiges Nichtraucherdasein heraufbeschwört

Es war Sonnenbrillenwetter, die Luft war frühlingshaft mild, sämtliche Tische im Café waren besetzt, und so fragte ich eine einzeln an einem Vierertisch sitzende Frau, ob noch ein Platz frei sei. »Na klar«, sagte sie, machte eine kurze einladende Armbewegung, und ich setzte mich mit dem Gesicht zur Sonne und ließ mir die Wärme durch den Körper rieseln. Sie holte eine flache, lindgrüne Pappschachtel aus ihrer Handtasche, klappte sie auf, entnahm ihr eine Zigarette und hielt mir die Packung hin. »Möchten Sie auch eine?«, fragte sie, ich verneinte und sagte: »Danke, ich rauche nur ab und zu eine Zigarre. Aber diese Schachtel habe ich noch nie gesehen.«

Ich gab ihr Feuer, sie tat einen ersten Zug und reichte mir die Schachtel über den Tisch. Ich nahm sie und las »Dimitrino & Co / Shepheard's Hotel«, die Packung war edel, ich öffnete sie und roch duftenden Virginia-Tabak. »Guter Stoff«, sagte ich und gab ihr die Schachtel zurück. »Ja«, antwortete sie, »und nicht mal teurer als der ganze Dreck mit Brandbeschleunigern und Geschmacksverstärkern, die hier sind ohne Zusatzstoffe.« Sie lächelte freundlich und sprach weiter. »Ich will Sie nicht zutexten, aber wenn man schon in Zeiten leben muss, in denen man alle naslang notorisch naseweis mit ›Werten‹, ›unseren Werten‹ oder sogar ›Wertedebatten‹ belästigt wird, wollen wir einmal über wahre Werte sprechen.« Sie nahm die Schachtel und las vor: »Der Rauch einer Zigarette enthält 10 mg Teer, 0,8 mg Nikotin und 10 mg Kohlenmonoxid.«

Verglichen mit den Sachen, die ich vor Jahrzehnten geraucht hatte – Navy Cut, Senior Service, Gitanes, Gauloises, Parisienne Carrée, Lucky Strike, Camel, Eckstein oder Selbstgedrehte aus Drum, van Nelle, Bison, Ascot, Rider oder Roth-Händle, selbstverständlich alle ohne Filter – handelte es sich also um ein Leichtmodell. Der Kellner kam, ich bestellte zwei Espresso, und sie ergriff wieder das Wort. »Auf dem Fluppenpäckchen gibt es aber noch mehr zu lesen: ›Rauchen fügt Ihnen und den Menschen in Ihrer Umgebung erheblichen Schaden zu‹, steht da, aber bei den ein oder zwei Zigis, die ich im Monat rauche, ist das mit der Selbstbeschädigung ja nicht so wild. Wenn ich dagegen an einige der ›Menschen in meiner Umgebung‹ denke und« – sie lächelte gespielt maliziös – »an den ›erheblichen Schaden‹, den ich ihnen ›zufüge‹, dann könnte ich über verschärfte Tabakkonsumerhöhung nochmals ganz anders nachdenken.«

Das gefiel mir; das Gesicht der Frau gegenüber aber verdüsterte sich. »Und dann schreiben die aber tatsächlich hinten noch das hier drauf«, sagte sie und rezitierte: »Wenn Sie rauchen, schaden Sie Ihren Kindern, Ihrer Familie, Ihren Freunden.« Sie sah mich empört an: »Das ist doch moralische Erpressung!«, stieß sie hervor. »Als würde ich meine Tochter, meine Familie und meine Freunde vergiften! Dabei rauche ich nie drinnen und sowieso nur ganz selten. Das ist doch eine Sauerei – DIE gehören verboten, nicht die paar Paffer, die es noch gibt.«

Im Gegensatz zu den von Hass angetriebenen Anti-Genussmittel-Gewissenbedrückern schien es ihr ernst zu sein mit der Menschenliebe; auch das gefiel mir gut. Ich zog meine Schachtel Romeo y Julieta im kleinen Club-Format aus der rechten Tasche meines Jacketts, bediente mich und sagte: »Hier vorne drauf bekomme ich auch erstmal die Botschaft gepredigt, die ich wie Sie teilweise sehr erfreulich finde: ›Rauchen fügt Ihnen und den Menschen in Ihrer Umgebung erheblichen Schaden zu‹. Hinten gibt es dann aber auch für einen Gelegenheitszigarrero wie mich die unverhohlen sadistische Drohung: ›Rauchen kann zu einem langsamen und schmerzhaften Tod führen.‹«

Sie lachte scheppernd. »Was für Pfeifen!«, juchzte sie, »und was für Miesnickel und Stümper zugleich. Fremden Menschen wollen die Angst einjagen, aber mehr als einen ›langsamen und schmerzhaften Tod‹ haben sie nicht auf der Pfanne und im Repertoire? Da lachen ja die Hühner, das schreckt doch schon lange keinen Sechsjährigen mehr. Das muss doch mindestens ›langsam und qualvoll‹ heißen, am besten noch, ›jämmerlich‹, ›erbärmlich‹ und ›böse‹!«

Ich zündete mir meine kleine geistschärfende Zigarre an, während sie fortfuhr: »So wird das doch nichts. Wenn man nicht alles selber macht! ›Wer raucht, stirbt eines bösen, jämmerlichen, erbärmlichen, langsamen und qualvollen Todes!‹, das müsste man lesen! Oder ›Rauchen erzeugt eitrige, nässende, juckende und übelriechende Wunden‹!« Begeistert stieg ich ein: »Genau! Oder ›Rauchen führt zu sichtbarem Befall mit ansteckendem Grind und Schorf‹! ›Rauchen kann Pädophilie verursachen‹, oder ›Rauchen macht kriminell, gewalttätig und führt über kurz oder lang ins Gefängnis, Rauchverbot inklusive‹!« Sie setzte noch einen drauf: »›Rauchen verursacht schwärende Geschwüre, Ekzeme und aufplatzende Furunkel‹ und ›Rauchen führt zu irreversibler Bildung von

Darmfisteln und löst Phimose, Harakiri, Dschihadismus, Rinderwahn und AIDS aus‹ – das wär's doch!«

Sie hatte völlig Recht. Auf Schachteln mit Tabakwaren sind auch in sich als zivilisiert missverstehenden und ausgebenden Ländern Bilder von Raucherlungen, Raucherbeinen und Raucheraalen zu sehen, ganz im Stil militanter Gegner eines liberalen Abtreibungsgesetzes, die in Fußgängerzonen die Menschheit mit sich behelligen und behölligen, indem sie in Formalin süß-sauer eingelegte Embryos in großen Einmachgläsern herumschwenken.

Eine Welt, deren unheilbar gesunde Bewohner breitfüßig dreist dahergelatscht und angeschlappt kommen, scheint mir wenig attraktiv. Wer bei jeder Lappalie gleich Armageddon beschwört und hysterisch zehnmal täglich ins letzte Gefecht zieht, weiß nicht, dass er längst das Entscheidende verlor: jegliches Maß und jeden nennenswerten Rest von Verstand. Das ist es, was das Rauchen tatsächlich auslöst: Es ist das perfekte Alibi für Existenzen, die ihr aggressiv vorgetragenes, zwanghaftes und unkontrolliertes Verlangen, andere zu schurigeln, ungebremst austoben, weil sie außer verbieten nichts gelernt haben.

Hümmsen ist das neue Drümmsen

Seitdem die Regeln »60 ist das neue 40« und aber auch »17 ist das neue 4« aufgestellt und etabliert wurden, macht sich der »Y-X ist das neue X-Y«-Nullsprech- und Angeberjargon so richtig breit. Wer die Hysterieschreie von der Wellness- und Selbstoptimierungsfront in sein Ohr lässt, weiß, dass gesund das neue krank sein muss, Yang das neue Yin, hochinteressant das neue juckt mich nicht, wie geil ist das Neue denn, und aber sowas ist das Neue von.

Bei einem Abendessen, bei dem es Spargel mit neuen Kartoffeln und Schinken gab, erzählte jemand, dass er »jetzt in der Spargelzeit jeee-den Tag Spargel essen« könne; obwohl mir das nicht sonderlich mitteilenswert erschien, war es mir doch nicht unsympathisch, auch ich mag das pimmelige Gemüse gern, aber das überlaut und vor allem endlos von sich gegebene »Spargel nur zwischen Mitte April und Ende Juni, sonst nie, aber dann immer, jeee-den Tag, und nichts dazu als Kartoffeln, Butter und Salz, mit Sauce Hollandaise kannst du mich jagen...!«-Gejabbel fing an, mir auf die Nerven zu gehen, und ich hätte gern ihn davongejagt, mit einer Hollandaise von Francois Hollande oder Hollandaisy Duck oder was und wem auch immer.

»Ich spargele auch täglich«, raunte ich ihm in einer seiner raren Sprechpausen zu; er schaute interessiert und in der Gewissheit, einen Verbündeten gefunden zu haben, zu mir herüber, ich senkte die Stimme, wie es sich für einen schlechten Krimi gehört, »zu einem heiseren Flüstern« und zischelte weiter: »Klar, Mann, Spargel ist das neue Koks.« Diesen Blödsinn kannte er, der mit allen Spargelwassern Gewaschene, nun doch noch nicht. Er sah mich verdutzt an, und ich hörte jetzt nicht mehr auf. »Nasenata ist out, das ist nur noch für Prolls«, summselte ich so absichtsvoll ahnungslos wie sonor, »jetzt ist alles bio, verstehste, vegetarisch oder vegan, gesund eben und trotzdem cool, auch die Drogen, also ziehst du dir bis zum Johannistag am 24. Juni Spargel rein, da pisst du zwar wie ein belgischer Brauereigaul, aber da geht die Luzie ab, so brainmäßig, danach ist dann Kohlrabi der neue Spargel, und irgendwann ist Grünkohl der neue Spinat.«

»Echt?«, fragte er; »Na logo«, gab ich zurück, »ich ist das neue du, Tarzan ist die neue Jane, supi ist das neue geil-o-mat, hott ist das neue hü, heiß ist das neue kalt, und jung ist das neue alt. Oder war es umgekehrt? Egal, und egal ist lage von hinten. »Von hinten?«, fragte er verwirrt, in seinem Kopf blubberte der Schaum, den ich ihm eingetrichtert hatte, und ich nickte bärig. »Ja sichi«, hörte ich mich sagen, denn ja sichi war das neue is' klar, »von hinten ist das neue oral«, und dann zog ich mir ganz altmodisch eine Stange Spargel rein, nicht mit der Rasierklinge kleingehackt durch die Nase, sondern klassisch durch Mund und Schlund, schön geschnitten, dem neuen am Stück.

Anbaden

Im späteren Frühjahr kommt es im Freibad oder am See zum »Anbaden«; die Vorsilbe »An« in Anbaden (oder auch in, müffel, Angrillen) ist so alt wie rätselhaft. Wäre der erste Kuss im Jahr dann das Anküssen? Der erste Sex im Leben wäre demnach das Anvögeln, Anficken, Anpoppen, und der erste Rektalverkehr das Ananalen? Was aber ist mit der Ananas? Nennt man deren Erstverzehr dann Anananassen?

Das Anklopfen, Anmelden, Ankobern, Anfassen, Anstrengen, Anecken, Anhaben, Antackern, Anflanschen, Anschleimen oder das Anquatschen und Anlabern (merke: immer »von der Seite«) sowie das Anschwitzen und Anbrennen (in der Küche) haben dagegen nichts Anorganisches an sich, während der Anwalt wieder angeklebt wirkt, weil er ja nicht waltet, sondern Anwandlungen hat und eben anwaltet und etwas »angedacht« hat. Die Behauptung, etwas »angedacht« zu haben, heißt nur, dass man nicht zuende gedacht hat beziehungsweise eigentlich noch gar nicht und gar nichts, sondern irgendetwas schnell und beliebig Herangegrapschtes in den Ventilator wirft.

Das Gegenteil von analog, das immer so klingt, als ob Anna wieder gelogen hätte, ist nicht alog, sondern digital – wie das tiefe, tiefe Digi-Tal der Tränen, der Einsen und bevorzugt der Nullen.

Gegen das »Andenken« lobt man sich die guten alten Andenken aus dem Andenkenkiosk – bitte nicht »-shop«

oder »-center« dazu sagen, das klingt und riecht immer so nach »WC-Center« –; die mögen kitschig oder nutzlose Stehrümchen sein, sind aber eben Andenken zur Erinnerung und wurden nicht, brrrr, »angedacht«, auf das dann zwangsläufig das selbstsatte, angeberische »Wir haben das mal angestoßen« folgt – nein, mit solchen möchte man nicht anstoßen. Während das Anstupsen wie das Angestupstwerden wirklich schön sind: neckisch, vertraut, ermunternd, dezent.

Im Rundfunkstudio – wo ich ab und an zu tun habe – gibt es zum Ein- (nein, in diesem Fall nicht zum An-) pegeln das Ansprechen (siehe auch: räuspertaste dich da mal ganz vorsichtig ran...). Aber das ist ein anderes Thema, so wie ja nach Arthur Rimbaud auch Ich ein Anderer ist, und die Folgen dieses reichlich angejahrten wie auch abgestandenen Diktums müssen dann andere ausbaden.

Zeigezehen, Bockermänner

»Ich drück' dir den Daumen«, sagt eine Freundin, während ihr Freund männlich zum Plural greift: »Ich drücke dir die Daumen.« Ostentativ ballt er die Hände und hat die Daumen drauf. Kann man zur Steigerung der Glückswunschintensität auch den oder die Fußdaumen drücken, also die großen Zehen, großen Onkel und Bockermänner? Und wenn es einen Zeigefinger gibt, warum dann nicht auch einen Zeigezeh, mit dem man sehr diskret auf andere zeigen kann?

Was das Hervorholen und Vorzeigen des sogenannten »Stinkefingers« bedeutet, ist bekannt. Man muss nicht gleich an den gewesenen Fußballspieler und -trainer Stefan Effenberg denken, es gibt auch weniger aufdringliche Botschafter des Vaffanculo: »Ram it, ram it, ram it up your poop chute«, sang Frank Zappa in »Broken Hearts are for Assholes« – ob das auch mit einem Stinkezeh ginge? Körperbeherrschung bis in die Zehenspitzen wäre jedenfalls unbedingt vonnöten.

Zur Heirat Entschlossene könnten sich die Ringe wechselseitig an die Ringzehen stecken, sie kunstvoll, stilecht und formvollendet mit Bockermann und Zeigezeh über den Ringzeh streifen, und dazu Drafi Deutschers »Nimm diesen goldenen Ring von mir, dam dam, dam dam« singen. Das ist allemal besser, als sie sich gleich »an den Hut« zu stecken, »sonstwohin« oder, sehr unangenehm grobianisch, »in den Arsch« und könnte auch insbesondere bei öffentlichen kirchlichen Trauungen als sichtbarer

Beweis für die Verfügung über jene artistischen Fähigkeiten gelten, derer es bedarf, um eine glückliche, gedeihliche oder zumindest doch erträgliche Ehe zu führen, sofern mir als nicht verheirateter Mann und also nur Beobachter diesbezüglich ein Urteil zukommt.

Ein »eingefleischter Junggeselle« bin ich allerdings nicht, »eingefleischt« klingt so nach eingewachsenem Zehnnagel, und den möchten wir nicht, dagegen sei der Bockermann gefeit.

Kabel und Vokabeljau

Der von Leipzig nach Basel und retour pendelnde Sprachfreund UD Braumann schrieb mir aus dem Zug, ihm seien gerade die Vokabeln »Vokabeltrommel«, »Vokabelbrand« und »Vokabelsalat« durch den Kopf gehüpft. Das klang nach einer guten Stimmung, denn Ausflüge in die Welt des schönen Herumalberns tritt man für gewöhnlich nur aufgeräumt und unverspannt an, nicht angespannt und mental festgezurrt wie die Sprachpolizei und die Sprachmilizen, die gegen Sprachfreischärler habituell Vokabelbinder zum Einsatz bringen, wenn »einer hier nicht richtig deutsch versteht«, wie dann gern gesagt wird. Schließlich ist es vom deutschen Vokabelschacht zur muslimischen Vokabelschächtung – »Ey Allterr, schäscht isch disch und dein Sprrach und schändisch dein Frrau, ey!« – nur ein kleiner Schritt.

Die Nachricht kam per Elektropost; mir fiel ein, dass man früher, wenn man jemandem eine Botschaft auf damals modernste Art zukommen ließ, von »kabeln« sprach; man schickte oder bekam »ein Kabel«. Braumanns kleine Liste ließe sich um den Vokabelbaum erweitern, um den Vokabelanschluss samt Vokabelfernsehn, um Kain und Kabel, um Heidi Vokabel, was aber in jeder Hinsicht platt wäre, um den oder das Kabel der Welt, um die Kabelschau und um den Turmbau zu Kabel.

Auch der Kabeljau schwömme mit, dessen bloße Nennung in vielen Menschen norddeutscher Herkunft den Automatismus und Reflex auslöst, ein »jau jau Kabeljau«

aus sich heraussprechen zu lassen; ob der Fisch deshalb auch Vokabeljau genannt wird? Der Winterkabeljau, häufig Skrei geheißen wie in »No Woman, no Skrei« von Bob Marley, würde selbstverständlich zum Wintervokabeljau.

Auf englisch heißt der Kabeljau »cod«, da fehlt dann hinten nur noch das buddhistische »zen«, und schon ist man bei einem alten Hamburger Witz. Frau: »Und ich sach noch, gib das Kind kein Fich, das Kind bricht sich. Und was macht sie? Sie gibt das Kind Fich. Und das Kind bricht sich.«

Jau jau Vokabeljau.

Asis mit Geld

Hamburg ist schön, das Hamburger Hafenfest ist und macht nichts als Müll, und die Frühstücksbiertouries mit Geld nehmen den echten, lokalen Stadtstreichern, Pennern, Tippelbrüdern, Streunern, Trebegängern, Vagabunden, Suffpunks und sonstwie Alkis, Drogis und sozial Ausgedropten auch noch die Arbeit als mahnendes Beispiel weg – DIE sind die wahren Asis. Das Elbe vom Ei sieht anders aus.

Menopausenbrot

Jahreswechsel, Wechseljahre,
früher hatte Vatti Haare,
nicht von Krishna! Ganz banal
Haare! – Heut' ist Vatti kahl.

»Es gibt auch die männliche Menopause«, dozierte das Altgirl, aus deren Sonnenbankiersgattinengesicht man Lederwaren hätte anfertigen können. Puuuh, was für ein kalter Kafka, dachte ich, und der, Kafka, war im Gegensatz zu dir viel zu jung, um die Lebensmenopausentaste zu drücken: Kafka starb an TB, was damals noch eine anständige Tuberkulose bedeutete und nicht, wie in der heute üblichen Hässlichkeit, Taschenbuch.

Die schönsten Menopausen sind lila!, sang ich ihrem Sermon salomonisch entgegen, und als sie mich volle Pulle stulle ankuckte, fragte ich salmonisch, als hätte ich innere Ohren wie ein Lachs: Soll ich dir ein Menopausenbrot schmieren? Bevor ihre sichtliche Verärgertheit sich ins Verbum vergären konnte, zog ich ritterlich allen Unbill auf mich und sprach in einlenkendem Ton: Das tue ich gern; ich mache hier heute mal den Menopausenclown.

Dergestalt sanft abgewürgt schwieg sie, und ich beschloss stillschweigend, sie fortan als Mennonitin wahrzunehmen, also schlimm beblust und glockenberockt, aber, und das zählt, als friedfertig

IWAN, IBAN, TaliBAN

Als ich in den 60er Jahren des 20. Jahrhunderts heranwuchs, hörte ich von manchen älteren Männern das Wort »Iwan«, oft in der Formulierung »Wenn der Iwan über Alaska kommt«. »Der Iwan«, immer falsch ausgesprochen, also nicht »Iwán«, sondern »Iwann«, hieß auch »der Russe«, wie in »Jeder Schuss ein Russ« oder »Jeder Stoß ein Franzos«, blutgierige Verbalmassakrierungsphantasien, die deutsche Landser für humorvoll hielten.

»Der Iwan« kam aber nicht, weder über Alaska noch sonst woher, sondern wurde glasnostifiziert; an seiner statt kamen IBAN und BIC; bei BIC denke ich bis heute an die Einwegkulis, mit denen Rattelschneck zeichnet oder an Einwegfeuerzeuge, während der IBAN der TaliBAN der Geldinstitute ist, der jede Überweisung zu einem Zahlenlotto macht, bei dem es nichts zu gewinnen und nur Nerven zu verlieren gibt.

Als der TaliBAN noch gegen den IWAN kämpfte, war er ein Freiheitskämpfer, heute ist er Terrorist, denn sowohl beim IBAN wie beim TaliBAN kommt es allein auf den praktischen Nutzwert und auf die entsprechende Perspektive an. Konstant geblieben ist nur der Hass auf »den Iwan«, der das Denken so schön stumpf und einfach macht wie ein rostiges Bajonett.

Abenteuer in Bielefeld 1980-2016

Mitte Februar 2016 war es kalt, aber hell und blauhimmlig in Bielefeld. Auf der Sparrenburg, in der auch das ortsansässige Standesamt seine ebenso kruden wie legalen Kupplerdienste anbietet, gab es eine fein und edel aussehende türkische Ehezeremonie; die sehr schön anzusehende Braut trug ein ärmelloses Hochzeitskleid und fror bis tief in die Gänsehaut, und auch ihr gleichfalls gut gebauter, frischgebackener Gatte fröstelte in seinem weißen Hemd und seinem elegant geschnittenen leichten Anzug. Ein Mann mit Kamera bat das Brautpaar, auf ihn zuzugehen, sobald er sich in Position gebracht habe; die Braut fragte ihn: »Müssen wir auch miteinander reden?«

Sie hatte das wahrscheinlich anders gemeint, als meine Ohren und das Zeug dazwischen es auffassten; jedenfalls dachte ich: Nein, das müsst ihr jetzt nicht mehr, keine Sorge. Klappe halten, stets bereit, die Ehe ist 'ne Kleinigkeit! Dabei war ich noch nie verheiratet und kenne dieses spezifische Mysterium zwischen übersteigerter Begeisterung, schleichender Erlahmung und Erstarren in Routine, Krieg bis aufs Blut und aufs Messer, Kinder- und Haustier-Sorgerechtsgemeinheiten auf Kosten unschuldiger Wesen bis hin zum schieren Elend nur aus der Außenansicht. (Meist beginnt es mit einer euphorischen Geistesverwirrung; nicht vergessen: Euphorie hat nichts mit Freude zu tun, sondern ist eine Krankheit; in der Umgangssprache wird mit Euphorie zwar ein Hochgefühl oder eine überschwängliche Stimmung bezeichnet, aber ihrem Wesen nach ist Euphorie eine übersteigerte Gemütslage, die vor allem durch Einnahme von suchtgefährlichen Rauschmitteln entsteht; für Sigmund Freud war Verliebtheit die größtmögliche Krise mit hoher Katastrophenwahrscheinlichkeit.)

Viel lieber aber dachte ich an all den Allotria, den ich in sehr jungen Jahren mit Freuden und mit Freunden dort oben auf der Sparrenburg getrieben hatte und geriet in die beste Laune: im Winter waren wir bei Schnee und Eis auf einem hart aufgepumpten LKW-Schlauch oder einem Rollbrett für Möbeltransporte die steilen Wege heruntergesaust und -gerast, ohne Helm, Knie- und Ellbogenschutz und alles. Es war einfach herrlich, und außer von ein paar blauen Flecken widerfuhr uns niemals etwas; uns muss ein Engel beschützt haben, der für jugendlichen Übermut und bekiffte oder angenatterte Jungs zuständig war.

In der Nacht nach der Landtagswahl im Mai 1980 in Nordrhein-Westfalen (ich war noch keine 19 Jahre alt) kletterten wir, Erstwähler, die wir waren, die – sehr langen und schwankenden – Fahnenstangen hoch, mussten uns oben mit einer Hand festhalten, um mit der freien anderen die Flaggen aus der Arretierung lösen zu können, einem schweren Karabinerhaken, und kamen so in den illegalen Besitz einer riesigen NRW- und einer ebenso überdimensionierten Deutschland-Fahne, die ich jahrelang versteckte, um die richtige Gelegenheit zum Gebrauch abzupassen, der sicher als Missbrauch angesehen worden wäre.

Irgendwann landete das Teil in einer fremden Mülltonne, einem angemessenen Platz, wie ich fand, und beim späteren Betrachten von Soldatengelöbnissen, Fanmeilen oder Nationalfahnen schwenkenden Bewohnern von Pegidatalern fällt mir bis heute auch nach eingehender Prüfung kein überzeugender Grund ein, meine damalige Sicht durch eine andere zu ersetzen. Dass man sich strafbar macht, wenn man sogenannte »Hoheitszeichen« unbefugt an sich bringt, war mir 1980 gar nicht bekannt, es war einfach ein Jux, ein unbedachtes Abenteuer, dessen Riskantheit wir uns gar nicht bewusst waren – sonst hätten wir möglicherweise die Finger davon gelassen und uns dieser schönen, weil nicht auf Nutzen abzielenden Erfahrung beraubt.

Die Erinnerung war ein Sprung in den Jungbrunnen. Alt machen Erinnerungen nur dann, wenn sie den Blick auf das Gegenwärtige oder Zukünftige verstellen oder unmöglich machen; naja, jedenfalls hoffe ich das.

Ahmsen-Biemsen

Asemissen klingt leider gar nicht oasig, sondern bloß etwas asig, Ahmsen-Biemsen dagegen lustig, wie ein Mann, der angetütert ins Bordell kommt und fragt: »Ahmsen hier was zu Biemsen?«

Asemissen und Ahmsen-Biemsen sind aber Ortschaften in Ostwestfalen, die ihren Kolleginnen und Konkurrentinnen Elverdissen und Altenhagen an Schönheit in nichts nachstehen. Ich darf das sagen, ich wuchs dort auf und lebte dann auch wieder, nachdem ich mich 35 Jahre lang an hässlichen Orten wie Berlin und weniger hässlichen wie Leipzig, Hamburg, Zürich und überhaupt auf Reisen herumgetrieben hatte.

Wer aber morgens in Ahmsen-Biemsen aufwacht, der hat es endgültig geschafft. Oder sieht zumindest geschafft aus.

Quasbraken luschern

Das Westfälische kennt viele klangschöne Wörter wie lauscheppern (für schnorren), verkimmeln (für verlieren, vergeigen), süppeln (für trinken) oder Zisemann (für das männliche Glied). Weil ich da wechkomme, also von dort stamme und diese Mundart mich immer mit Freude erfüllt hat, bin ich mit dem westfälischen Argot gut vertraut, aber ab und zu wird der Regionalwortschatz doch noch erweitert. Am Nebentisch polterte ein mittlerer Herr herum, nölte über dies, maulte über jenes, bis seine Begleiterin, offenbar seine Ehefrau, ihn anfuhr: »Getz hödomma auf, du ollen Quasbraken!«

Quasbraken war mir neu; es ist die Bezeichnung für einen notorischen Grantler und Meckerkopp. Auch in einem Hamburger Restaurant machten meine Ohren einen erfreulichen Fund. Während ich am Tresen auf einen Tisch wartete, sah ich schon mal die Speisenkarte durch und legte sie dann beiseite. Die Frau neben mir fragte mich freundlich, ob sie wohl mal in meine Karte luschern dürfe. Luschern hatte ich noch nie gehört, aber ich ahnte, was sie meinte. Schweizer nennen es lurgen, im Hessischen heißt es luhrn, man kann auch kieken, plinsen, spincksen oder spicken dazu sagen: Sie wollte einen Blick in die Karte werfen beziehungsweise reinkucken, kucken mit k, wie man es spricht, nicht mit g.

Das durfte sie selbstverständlich, schließlich bin ich kein Quasbraken, und als ich später ein Buch zur Hand nahm, wurde noch tüchtig geluschert.

Mutter? – A watt, Bòchumm!

Ich hatte in Dortmund / Doatmunt / Dor'mund zu tun, musste dann weiter nach Bochum und erzählte das auch dem Kneipier, der mich leutselig gefragt hatte und bei dem ich einen Kaffee trank, der nach Ölwechsel aussah und schmeckte. Die beiden älteren Ruhris am Tresen nickten bedächtig in ihr Pils. »Bochum, ich komm aus dir!«, nölte einer grönemeyerisch und lachte ziegenmeckernd wie ein Blecheimer; er sprach den Namen der Stadt im lokalen Idiom aus: »Bòchumm«, mit kurzem o und nicht künstlich in die Länge gezogen »Boochum«.

»Sa' nich' sòwas«, erwiderte sein Sitznachbar. »Sonst musste für deine Mutta immer ›Bochum‹ sagen.« Das war natürlich ein harter Schlag, der weggesteckt werden wollte. Zwei weitere Pils wurden in Auftrag gegeben, kamen und wurden angesetzt. Dem ersten der beiden verhalf seins offenbar zur Steigerung seiner Denkschärfe. »Nä!«, sagte er, schüttelte sich und wiederholte: »Nä! Das ma' ich nich'! Ich sach' nich ›Bochum‹ für meine Mutta! Die kommt da nich' wech. Die is' von hier!«

Der Kollege nickte beifällig und nahm einen langsamen Schluck. »Meiner Mutta geht es gar nich' gut. Stell dir vor, ich besuche die und sach' ›Bochum‹ zu der. Da fällt die do' gleich tot um.« Er hielt inne, als stelle er sich die Schreckensszene bildlich vor. »Dann kann ich das au' gleich in den Grabbstein meißeln lassen: ›Für meine geliebte Bòchumm!‹ Nä, kommt nich' in Frage!«

Tja, da hatte der Sangesonkel Herbert schön was angerichtet. Ich ließ den Kaffee unkommentiert stehen, zahlte und dachte an Helge Schneider, der in einem Interview einmal auf die neuneinhalbmalkluge Frage, ob sein Humor nicht »eine Meta-Ebene« habe, geantwortet hatte: »Meta heißt meine Tante.« So macht man das, genau so. Dann nahm ich trotzdem den Zug na' Bòchumm, aus dem ich nicht komm'. Ich komme aus einer Monika, und so muttermund- und ziehharmonisch wird das auch immer bleiben.

Was ist ein Setter?

Eine Geschichte über Hunde, Menschen und Familie

Als Kind und Jugendlicher wuchs ich mit Hunden heran, aber nur mit jeweils einem auf einmal. Der erste war ein meinem jüngeren Bruder zugelaufener, alter Riesenpudel, der Käpt'n getauft wurde, vom offenbar längeren Streunerleben auf der Straße schon schwer gezeichnet war und seinen stets großzügig gefüllten Gnadennapf nicht mehr sehr lange leeren konnte. Die Trauer war, obwohl Käpt'n unter schlimm riechenden Blähungen litt, meerestief.

Zum Trost und Tränentrocknen kam Felix, ein Dalmatinerwelpe, lieb, verspielt und vollständig lernunfähig; er war, wie sich bei einer Tierarztvisite erwies, stocktaub, was bei überzüchteten Dalmatinern nicht selten vorkommt. Doch jedem Stöckchen peeste er hinterher, brachte es zurück, und immer und immer wieder verlangte er hartnäckig die Wiederholung des Holzstockweitwurfspiels; das war seine Natur und Bestimmung, so war er, nichts und niemand konnte das ändern. Er hatte ein schönes, klares Gesicht, das sich nur missbilligend kräuselte, wenn man ihm eine Wurmkur verabreichen musste. Die Entwurmungspaste wurde aus einer Tube zwischen zwei Scheiben Fleischwurst gedrückt, aber Felix mit seiner feinen Nase roch den Trick, biss nicht an und ließ sich nicht vernatzen. Als ein blöder Nachbar ihm einmal Bier in seinen Wassernapf goss, fletschte er die

Zähne; er mochte den Geruch nicht, und der Nachbar musste sein Bier künftig in seinem eigenen Garten trinken.

Felix war ein unermüdlicher Stratzer; ging man mit ihm fünf, sechs Kilometer durch die Felder, spulte er mindestens das vierfache Pensum ab. Er genoss es zu rennen, jachterte und sprang, ein prachtvolles Bündel Leben, und wenn er eine umzäunte Weide fand, auf der gleich ihm schwarz-weiß befellte Jungbullen grasten, stürzte er sich hinein, wollte mit diesen riesengroßen Jungs spielen, zwackte sie in die Hacken, flitzte von einem zum anderen, stupste und kniff sie. Er und sein Tun waren harmlos, doch seine vermeintlichen neuen Freunde wollten das nicht so sehen, sondern ihn lieber, wie es der Jungbullen Art ist, unter die Hufe und auf die Hörner nehmen. Er entkam ihnen immer, wenn auch oft nur um Dalmatinerhaaresbreite, und die Haare im Dalmatinerfell sind kurz. Als er aber einem Karnickel bis zur Straße hinterherfetzte, lief er in den großen Vorderreifen eines noch viel größeren Lastkraftwagens. Er war auf der Stelle tot. Begraben wurde er von fassungslos Trauernden in seinem Lieblingswaldstück, in aller Stille, wie man so sagt, wenn einem nichts mehr einfallen will.

Nach angemessener Gedenkfrist kam ein neuer Welpe ins Haus, die Leonbergerhündin Bonnie, ein Wollball aus Gutmütigkeit, Freundlichkeit und Zuneigung. Wenn ich, wie das in der Pubertät eben so ist, hormonell verwirrt, weltschmerzig und mit mir und der Welt im vage, aber heftig Ungereimten auf dem Wohnzimmersofa lag und mich meiner konfusen Gefühlsmelange ergab, spürte Bonnie die Stimmung, kam zu mir und leckte mir Hände und Gesicht. Das war, wenn ich ihr vorher Pansen geschnitten und eine Riesenportion davon kredenzt hatte, olfaktorisch eine hohe Hürde, doch die zarte Geste versöhnte mich mit ihrem Anhauch, und so drehte ich nur den Kopf auf die ihr abgewandte Seite und ließ sie gewähren. Und wenn sie, die Wasser über alles liebte, mal wieder in einen Teich voller Entengrütze gesprungen war, duschte ich ihr das Zeug aus dem langen Fell und nahm schnell Reißaus, bevor sie das Wasser abschüttelte, das meterweit spritzte.

Da Leonberger große Hunde sind, baute mein Vater einen geräumigen Zwinger im Garten, mit einer Holzhütte darin, aber eben auch mit Gitter und Schloss. Den Zwinger konnte Bonnie überhaupt nicht leiden, sie zeigte das durch anhaltende Geräuscherzeugung und kläffte und jaulte so lange und laut, bis sie wieder in Freiheit kam. So wurde das unnütze Hundegefängnis bald zum Gartengeräteschuppen umgemodelt, Bonnie bekam eine große Holzkiste gezimmert, die im Haus stand und die sie auch mochte, aber am liebsten lag sie da, wo alle anderen waren; sie wollte Familie, und sie war Familie.

Bonnie war ungeheuer stark; wenn es im Winter erwähnenswerten Schneefall gab, kam sie in ein Geschirr und zog kleine Nachbarskinder über die verschneite Ackerbrache hinter dem Haus. Diese Kleinkinder, westfälisch »die Botten« genannt, ließ sie in wärmeren Jahreszeiten auch geduldig auf sich reiten. Geknurrt hat sie nur einmal; als ein Dreijähriger ihr wüst am Ohr herumriss, kam ein tiefes, dunkles Grollen aus ihren Lungen, sonst nichts. Der Bengel zeterte: »der Hunk is pöse«, wurde aber von seinen Erziehungsberechtigten darüber aufgeklärt, dass es sich genau andersherum verhalte. Die Angelegenheit war schnell vergessen, denn Bonnie blieb ein Gemütshund.

Sie war im Dorf sehr beliebt; nicht selten fragten Nachbarn, Freunde und Verwandte, ob sie Bonnie ausführen dürften. Sie durften, wenn Bonnie einverstanden war.

Auch mein Onkel Paul, ein damals etwa 70-jähriger, zartgliedriger, dezenter und stets gut gekleideter Mann, ging gern mit Bonnie spazieren. An einem schönen Sommertag – Onkel Paul trug einen leichten, hellen Sommeranzug – fitschten die beiden wieder einmal los. Eine Stunde später kehrten sie erstaunlich früh zurück; der Anzug von Onkel Paul war grasgrün, aber er trug ihn mit Fassung und Würde. Was war geschehen? Auf einer Wiese hatte Bonnie einen Hasen bemerkt und war ansatzlos nach vorn gesprungen; weil Onkel Paul sich die Leine um sein linkes Handgelenk geschlungen und gewickelt hatte, wurde er von Bonnie mitgeschleift; seine Schlitterpartie endete erst, nachdem Bonnie eingesehen hatte, dass sie den Hasen mit diesem Ballast am Hals nicht einholen konnte.

Wann immer man »mit dem Hund ging«, wie wir sagten, traf man auf andere Menschen mit Hund. Der Grund dafür, dass ich mir später keinen Hund anschaffte, liegt nicht im Hund begraben; es sind die Hundebesitzer. Während die Hunde einander beschnuppern, versuchen wildfremde Menschen, die sich »Herrchen« oder »Frauchen« nennen und das auch in der dritten Person Singular über sich sagen – »Ja, komm zu Frauchen! Ja, fein! Ein feiner Hund bist du! Komm zu Frauchen!« und so weiter –, ihrem Gegenüber eine Konversation abzunötigen oder ihm überzustülpen. Dabei interessiert man sich ja allenfalls für ihren Hund, keineswegs aber für sie.

So erging es mir mit den Eignern zweier Setter; der eine war ein rotbrauner irischer, der andere ein schwarzweißer englischer Setter. Sie wurden als Statussymbole herumgeführt und vorgezeigt, als teure Wesen, die man gleich ihren Besitzern anzustaunen hätte. Die Hunde sahen auch schön und gepflegt aus und waren, sobald sie ausgebüxt waren, sympathische Tiere; ihre blasierten

Besitzer aber hätte man, wie der Westfale sagt, unangespitzt in den Boden rammen können, wenn sie über viel Geld, Hundeschaupreise und dergleichen Angebereien Vorträge halten wollten, die aber am Trommelfell abprallten.

Das fiel mir ein, als ich das Wort »Trendsetter« wieder las; Trendsetter sind keine Hunde, eher Lackaffen, aber man soll auch Affen nicht zu nahetreten. Als mir dann auch noch die Formulierung »Eventsetter« unterkam, wurde mir klar, dass es sich bald ausgesettert haben würde in der Tierwelt; die übergriffige Gattung Mensch hat sich auch den Setter noch unter die polierten Nägel gerissen. Was soll man dazu sagen außer »Wuff!«?

Viva La Habana!

Eine Weihnachtsreise nach Havanna in noch unglobalisierten Zeiten

Es war Mitte der Achtziger Jahre des 20. Jahrhunderts, ich lebte seit ein paar Jahren in Berlin und hatte begonnen, als freier Mitarbeiter der *taz* und des Spandauer Volksblatts für jeweils 50 Pfennig pro Zeile jeden Abend in kulturreporterischem Auftrag unterwegs zu sein. Es war ein Leben nach meinem Gusto: Geld hatte ich nicht viel, aber es gab eine tägliche Horizonterweiterung in den Welten der Musik, des Theaters, des Kinos, der Literatur und der Kunst, es gab menschliches Gewühle, Studien am lebenden Objekt, die Kollegen waren teilweise große Klasse (darunter Willy Theobald und Klaus Nothnagel, um stellvertretend für viele nur zwei zu nennen), oft war ich mit dem Fotografen Roland Owsnitzki unterwegs, der seine Fotos als »Votos« bezeichnet, weil er ein Votum abgeben und mit ihnen etwas sagen will.

Die redaktionelle Betreuung durch Sabine Vogel und Herrn Qpferdach war angemessen wohlwollend und streng zugleich. Ich lernte täglich, traf die seltsamsten Künstler mit Namen wie »Graf Haufen«, der in seiner Privatwohnung bizarres Zeug zeigte oder Caspar, der stundenlanges U-Bahnfahren als Kunstform dokumentierte, sah Bands wie die Escalatorz und Sängerinnen wie Björk, die damals noch nicht esoterisch herumheulsuste, sondern mit ihrer Band K.U.K.L. eine wilde, experimentelle Jazz-Krach-Melange ins Publikum goss, saß in Programmkinos, wie es keine mehr gibt, sah Filme wie »If...« von Lindsay Anderson oder »Les Aventuries« von Robert Enrico, holte nach, nach, nach, betrat jeden Tag eine terra incognita, zog mit den befreundeten Kollegen um die Häuser und schrieb, schrieb, schrieb; so habe ich es seit mehr als 30 Jahren immer gehalten.

Meine Süße hatte eine Arbeit als Lehrerin an der deutschen Schule in Mexiko-Stadt angenommen, ich sah sie also nie und vermisste sie sehr. Dann bebte die Erde in Mexiko, Hochhäuser krachten zusammen, zehntausende Menschen starben. Ich war in heller Aufregung und größter Sorge; ich konnte sie nicht erreichen, Mobiltelefone gab es noch nicht, die Telefonanschlüsse in Mexiko waren teilweise zerstört, es brauchte Stunden in der Warteschleife, um zur deutschen Botschaft durchzudringen, wo man dann nichts in Erfahrung bringen konnte, doch nach ein paar Tagen gab es endlich die gute Gewissheit: Sie lebt, es ist ihr außer dem Schock nichts zugestoßen.

Ich wollte und musste sie dennoch sehen, Frau Vogel lieh mir das Geld dafür und ich versuchte, ein Flugticket nach Mexiko zu bekommen. Auf den letzten Drücker kam ich ins Reisebüro; die einzige Maschine, in der es noch einen Platz gab, flog via Havanna, wo man, um den Devisenvorrat Kubas ein wenig aufzustocken, drei Tage auf den Weiterflug nach Mexiko zu warten und zu verbringen hatte. Da ich reichlich Zeit hatte, war die Aussicht auf drei Tage Zwangsstopp auf Kuba, die viele abschreckte, für mich ein dicker Zugewinn. Kuba, Havanna, La Habana! Ich freute mich wie der sprichwörtliche Schneekönig, meine Süße war ja wohlauf, und nach meinen kurzen Aufenthalt in Havanna würden wir vier Wochen miteinander verbringen können.

In Vorbereitung auf die Reise nach Mexiko hatte ich B. Traven gelesen, den ich ohnehin liebte, Malcolm Lowrys »Unter dem Vulkan«, und jetzt las ich Hemingway, alles über seine Lieblingsbars »La Bodeguita« und »El Floridita«, wo der große Mann seine Mojitos und Daiquiris in rauhen Quantitäten wegschlürfte getreu seiner Devise: »My Mojito in La Bodeguita, my Daiquiri in El Floridita«. Das Flugzeug startete in Berlin-Schönefeld, stoppte einmal zum Auftanken in Nordkanada, es war der erste Flug meines Lebens überhaupt (ich war 24 Jahre alt), und am 24. Dezember landeten wir in Havanna.

Die Weihnachtstage begannen mit einem kleinen Wunder. Das Zimmer in einem billigen Hotel hatte der Reiseveranstalter zum Flug hinzugebucht, Reisen nach Kuba waren ein offizieller Akt zu dieser Zeit, es gab den kalten Krieg, die Mauer stand noch, man konnte nicht einfach eben mal so den sozialistisch verfassten Teil der Welt behoppen; jedenfalls war im Räderwerk der Bürokratie etwas hängengeblieben oder schief gelaufen, das für mich gebuchte Zimmer war belegt oder existierte gar nicht, genauere Informationen durch die Grenzbeamtin konnte ich mit meinem Speisekartenspanisch nicht erhaschen, ich sah und hörte sie telefonieren, das Ganze dauerte gut eine Stunde, dann hob sie fatalistisch die Achseln, beschriftete mit der Hand ein Papier, stempelte und unterschrieb es, gab es mir und wünschte mir einen schönen Aufenthalt in ihrem Land.

Ich sah das Dokument an und konnte mein Glück nicht fassen: Ich durfte im »Habana Libre« wohnen, im besten Hotel Havannas, und musste, was ich mir auch niemals hätte leisten können, nichts extra dafür bezahlen. Und so stand ich kurze Zeit später an Heiligabend – wir schrieben das Jahr 1985 – auf dem Balkon meines Zimmers im »Habana Libre«, trank ein köstliches, gut gekühltes kubanisches Bier und schaute über Havanna, die Stadt der Träume von einem besseren, gerechteren und schöneren Leben.

Nachdem ich Havanna vom Balkon aus betrachtet hatte, wollte ich es erkunden. Ich duschte mir den langen Flug vom Körper und aus dem Kopf, zog frische Sachen an, zum Schluss mein ziemlich feines, schwarzes Samtcordjackett, ordnete meine verwuschelten Locken und machte mich auf den Weg, schlenderte durch die Altstadt, bestaunte alte Häuser und alte Ami-Schlitten aus den 40er und 50er Jahren, die mit tiefem Bassgeräusch durch die Straßen zockelten, erreichte die Promenade und promenierte am Meer entlang. Das Klima war für deutsche Verhältnisse frühlingshaft lind, die Kubaner, weit mehr Hitze gewohnt, hatten sich wärmer angezogen als ich, sie froren, während ich die laue Luft genoss.

So sehr Kubaner in Deutschland Exoten waren – man kannte in der Bundesrepublik außer Fidel Castro gerade noch die Namen von erfolgreichen Sportlern wie Teófilo Stevenson und Alberto Juantorena –, so sehr war ich 1985 ein Exot für viele Kubaner. Während ich fasziniert sowjetischen Offizieren und ihren Familien nachsah, die durch die Straßen flanierten und überhaupt nicht aussahen wie die Monster und »Iwan«-Gräueltäter, als die man sie uns von Kindesbeinen an in blutrotesten Farben geschildert hatte, wurde ich meinerseits neugierig angesehen; einmal kamen drei junge Burschen auf mich zu, befühlten mein Jackett, und einer fragte leicht geringschätzig: »Gringo?« Ich schüttelte den Kopf und sagte »Alemán«. Ob ich aus dem guten oder dem bösen Teil Deutschlands käme, insistierte der Fragesteller; im westlich-kapitalistischen Teil der Welt wäre ich ein Bewohner der »gutartigen« Geschwulst namens Deutschland gewesen, hier in Havanna war ich ein Vertreter des »bösartigen« Teils; politisch und materiell unterstützt wurde Kuba von der DDR, die paar deutsch-kubanischen Freundschaftsclubs im Westen, die es ja auch gab, fielen da nicht groß ins Gewicht.

Die Befragung endete in freundlichem Gelächter, als ich mich zum Bösen bekannte; inquisitorisch ging es nicht zu, das kannte ich aus der Erzählung eines Autostopp-Kollegen, den ich zwei Jahre zuvor kennengelernt hatte: Der junge Kerl lebte in Belfast, ging spätabends aus dem Pub heimwärts und wurde von bewaffneten Vermummten gestoppt. Ob er Katholik oder Protestant sei, wurde er in scharfem Ton befragt; er kam ins Schwitzen, eine falsche Antwort konnte ihn ein Knie oder sogar das Leben kosten. Er verfiel auf eine diplomatische List und gab zur Antwort, er sei Atheist. Es nützte ihm nichts, die Antwort war humorlos: Katholischer Atheist oder protestantischer Atheist?, lautete die nächste Frage, der junge Nordire machte sich sprintend und Haken schlagend auf die Flucht und kam glücklich mit heiler Haut davon. So viel zu den Playboys of the Western World.*

Auch in der Bar »El Floridita« wurde ich ausgiebig und neugierig begutachtet; nachdem ich zum ersten Mal im Leben einen Hemingway-Gedenk-Daiquiri getrunken hatte, machte ich mich auf den Weg ins »El Bodeguita«,

* »The Playboy of the Western World« ist eine Tragikomödie von John Millington Synge, die im Januar des Jahres 1907 im Dubliner Abbey Theatre uraufgeführt wurde, was zu Tumulten im Publikum und sogar zu regelrechten Straßenschlachten führte. Im Stück geht es um einen jungen Mann, der seinen tyrannischen Vater erschlägt; es zählte zu meiner Pflichtlektüre im Englisch-Leistungskurs. Eine deutsche Übersetzung wurde im Jahr 1955 unter dem Titel »Der Held der westlichen Welt« von Anna Elisabeth Wiede und ihrem Ehemann Peter Hacks angefertigt; die Erstaufführung fand im Mai 1956 im Berliner Theater am Schiffbauerdamm statt.

um, auch das war eine Premiere für mich, einen Mojito zu probieren. Der Cocktail schmeckte so köstlich, dass es nicht bei einem blieb; einige junge Kubaner sahen mich neugierig und freundlich an, kamen näher, wir versuchten uns zu verständigen, so gut es ging, mit Häppchen verschiedener Sprachen und vor allen gestisch und mimisch, wir luden einander auf weitere Mojitos ein, und wenn die sprachliche Konversation scheiterte, lachten alle, und so wurde es ein schöner Abend mit strahlend lächelnden Gesichtern.

Die meisten dieser Kubaner waren, ob junge Frauen oder junge Männer, ausnehmend schön, schienen im Umgang miteinander sehr offen und lebenslustig zu sein, und das, bei aller spielerischen Leichtigkeit, durchaus konkret und handfest. Ich hatte mich nie für übertrieben schüchtern angesehen, hier aber war ich es in auffälliger Weise. Ein junger, klug aussehender Kubaner stellte sich neben mich an die Bar; nach allerlei wechselseitigem Radebrech und wildem Herumhantieren kapierte ich, dass er in Moskau Raketentechnik studierte; ich hatte auf dem Gymnasium, obwohl im Westen aufgewachsen, einen Russischkurs besucht, das meiste davon zwar längst vergessen, aber ein bisschen half es doch.

Der junge, hochgewachsene Kerl zoschte seine Mojitos immer schneller hinab, bestellte neue Drinks, ich hielt mit und merkte überhaupt nicht, dass er mich systematisch abfüllen wollte, auch dann nicht, als er mich zu einem Erfrischungsspaziergang ans Meer bat, den wir beide dringend nötig hatten. Am nächtlichen Strand von Havanna wurde der schöne Mann deutlicher, versuchte mich zu küssen und mit den Händen zu südlicher gelegenen Partien meines Körpers vorzudringen; ich wehrte das freundlich, aber entschieden ab, was ein Leichtes war, weil mein Begleiter sich bei dem Versuch, mich betrunken und damit gefügig zu machen, selbst stark übernommen hatte.

Ihn traf der Fluch der bösen Absicht; ihm wurde schlecht, er erbrach sich mehrmals auf den Strand, ich deckte die diversen Malheure diskret mit Sand zu – oder müsste es pluralistisch adäquat »Sande« oder »Sände« heißen? –, und als er seinen Magen entleert hatte, wollte er nur noch nach Hause. Als alter Arbeitersamariter verwehrte ich ihm meine Hilfe nicht, warf ihn mir trotz meiner Sorge, er könne mir mein Jackett vollgöbeln, über die linke Schulter, trug ihn zurück in die Altstadt, stellte ihn auf die Füße und fragte ihn, wo genau er denn hin müsse; er gab mir Zeichen, ich stützte den Taumelnden, bis wir sein Ziel erreicht hatten. Dankbar bat er mich noch mit hinauf, lockte mich damit, dass er noch zwei Schwestern habe, aber ich hatte meiner, wie ich fand, Mitmenschenpflicht Genüge getan und stellte ihn, frei nach Robert Gernhardts Kurzgedicht »Bilden Sie einmal einen Satz mit Lenin« – »Verehrer voll bis an den Rand / Lenin einfach an die Wand« – vor seiner Haustür ab, wünschte ihm, seiner gegurgelten Proteste nicht achtend, artig eine Gute Nacht und sagte Auf Wiedersehen, suchte und fand das »Habana Libre«, schlief glücklich ein und verbrachte dann noch zwei weitere Tage in Havanna, der Stadt vielfältiger Wunder, bevor ich, nach dem schönsten Weihnachtsfest meines Lebens, die Maschine nach Mexiko nahm.

Wider den Grippgrapp

Wider den Grippgrapp hilft die Versammlung von Freundinnen und Freunden in Topf und Kopf. Fridolin Fenchel, der ewig junge Finocchio, wird ebenso in die Küche gebeten wie die blonde Ingrid Ingwer, die rote Chihuahua Chili, der knustene Knasterkopp Karlchen Knoblauch und der leicht greise Zacharias Zwiebel. Man komplimentiert sie herein, macht sie mit Mario Messer und Olivier Olivenbrett bekannt und vereint sie mit Pfiffikus Pfeffer und Sabrina Sale in Tobias Topf, wo bereits die reizende Hulda Huhn vor sich hin blubbert. Dann lässt man sie ziehen, und etwas später reisen sie auch, in die Stadt Böbel-Bauch, Nini Nase ist von ihrem Duft entzückt, Hans Magnus Magenwand applaudiert, und Anatol Atemweg bleibt der Atem endlich nicht mehr weg. Vervluchte Alliterationen, vlüstert Viktor, der Vikar, ins Ohr von Karoline Kaviar. Und dann ist endlich Ruhe in Vattis Tiefkühltruhe.

Des Lebens Saftigkeit

Eine abenteuerliche Reise durch die Sensationen und Niederungen des Kulinarischen

Ans Essen habe ich reichhaltige Erinnerungen, die bis in die Kindheit zurückreichen. Ich sehe mich mit meiner Mutter im Erkerzimmer einer Mietwohnung sitzen und Schwarzbrot mit Blutwurst und scharfem Senf futtern und saure Gurken und Rollmöpse mampfen; meine Mutter stammt gebürtig aus Ostpreußen, da liebt man es deftig und pikant. Mit Griesbrei konnte man mich jagen, aber Speckbirnen oder ein schöner Strammer Max, Brot mit Butter und Schinken und einem von beiden Seiten gebratenen Spiegelei, das war meins. Mein jüngerer Bruder nannte das Gericht notorisch unschuldig einen »Steifen Max, von beiden Seiten begraben«; das Bonmot ist bis heute tief im Familienwortschatz verankert. So etwas erdet, wie auch die wunderbaren heißen Suppen und Eintöpfe und die Bratkartoffeln aus Pellkartoffeln mit Zwiebeln, Schinken und Petersilie; die aus rohen Kartoffeln zubereiteten Bratkartoffeln waren dünner und hießen »Pfannenflitzer«, und die Heringsstippe hatte eine solche Anziehungskraft, das alle Vorher-dran-Naschen-Verbote regelmäßig missachtet wurden.

Sogar selbstgemachte Pommes Frites aus der eigenen Low-Tech-Friteuse gab es, das war nicht nur gesünder als Tiefkühlware, es kostete auch viel weniger, und das war der springende Punkt. So wie die reichen Dinge arm machen, so können die armen Dinge wahrhaft bereichernde Wirkungen entfalten: Mangel macht erfinderisch, man ist auf die eigene Phantasie und Kreativität angewiesen, weil das vorgefertigte Zeug vielleicht bequemer, aber eben auch viel zu teuer und – das erst an zweiter Stelle – entschieden schlechter ist und schmeckt.

Bei meiner ostwestfälischen Großmutter väterlicherseits gab es »Arme Ritter«, die ich liebte; Scheiben von älterem Weißbrot, in Butter in der Pfanne gebraten und mit Zucker und Zimt bestreut; es gab Himmel und Erde aus Äpfeln und Kartoffeln und Steckrübeneintopf, zwei Gerichte, die meine Mutter, Jahrgang 1940, als Kriegs-, Flüchtlings- und Nachkriegskind aus Gründen erlittener Überdosis nicht mehr mochte. Reibekuchen oder Reibeplätzchen, anderswo »Rievkooche« oder »Reiberdatschi« genannt, kamen auf den Mittagstisch, süß mit Marmelade oder deftig mit Leberwurst bestrichen, die ich allerdings ablehnte. Leberwurst hieß spöttisch »Lebenswurst«, und dieser Spruch kam wie aus der Witzwasserpistole geschossen zuverlässig und ausnahmslos immer, so wie aus dem deutschen Brat-Hering auch jedesmal der englische »brathering« mit ti-eytsch wurde.

Sonntags gab es Rouladen oder schwere Braten, und die Vorbereitung des Sauerbratens war eine dem Alchimismus verwandte Disziplin. Küche und Keller, Speise-, Vorrats- und Kühlkammern waren mystische Orte voller Gerüche und Geheimnisse, die man ein- und aufsog oder in die man eingeweiht wurde, wenn man sich als ihrer würdig erwies durch Interesse, Anstelligkeit und vor allem durch Qualitäten als möglichst starker, unermüdlicher Esser. Und so schlank meine Brüder und ich, alle drei im Wachstum und Sport treibend, auch waren: Verdrücken konnten wir Mengen, die einem Brillat-Savarin angemessen gewesen wären. Obwohl wir dessen Klassiker »Die Physiologie des Geschmacks« aus dem Jahr 1826 (auf deutsch 1865) selbstverständlich noch nicht kannten, waren wir in der Praxis schon gelehrige Schüler.

Bei meiner Großmutter beziehungsweise Omma mütterlicherseits, einer bildschönen Ostpreußin, wurde alles aufgetischt, was das nicht allzu üppig gefüllte Portemonnaie und die um so reichere kulinarische Kenntnis hergaben. Frikadellen, Frikkies genannt, also Klopse beziehungsweise Klöpschen, in anderen Regionen auch bekannt als Boulette (Berlin), Fleischpflanzerl (Bayern) oder faschiertes Laiberl (Österreich), waren, warm oder kalt, im täglichen Angebot, dazu gab es Weißbrot (denn das war, anders als im Klischee, in den Frikadellen noch nicht »schon mit drin«), Kapern, Oliven, Peperoni und eigenhändig süß-sauer eingelegtes Gemüse; wie groß war mein Entsetzen gewesen, als ich das erste Mal in eine Olive biss, sie ausspuckte und empört ausrief: »Iieh, die Pflaume ist ja salzig!« Und als ich zum ersten Mal im Leben saure grüne Bohnen, auch Schnippelbohnen genannt, roch und beim Betreten der Küche aufstöhnte: »Bäh, wer hat denn hier gekotzt?«, erntete ich fröhliches Gelächter und die Aufnahme in den Katalog und Kanon der familiären Anekdotensammlung.

Jahrzehnte später lernte ich einen Sternekoch näher kennen, der bis heute mein Freund ist; er war und ist, wie nahezu alle Köche, mit denen ich zu tun hatte oder habe, ein musischer, sensibler und dabei handwerklich tatkräftiger Mann, kulinarisch regional geerdet und immer in der Weiterentwicklung. Der leider nicht mehr sterbliche Nils Koppruch, Gründer, Sänger und Songschreiber von Fink und eine Hälfte von Kid Kopphausen, war gelernter Koch; viele Köche haben eine künstlerische Ader, was richtig verstanden einen tieferen Zugang zur Welt und zu ihren Bewohnern bedeutet. Von meinen berufskochenden Freunden lernte ich vor allem Handwerk, die Bereitschaft, sich inspirieren zu lassen, die Sichtweise, aus nahezu allem etwas Gutes kreieren zu können, das Lernen von anderen und das Lernen durch die eigene Praxis, das Neu- und Wiederanfangen, wenn etwas missriet und die Freude am Erschaffen. Wer einmal eine selbstgemachte frische Wurst mit selbstgemachtem Ketchup gegessen hat, wird niemals mehr in ein, um nur ein Beispiel zu nennen, Hoeneß-Würstchen beißen und isst seins auch nicht mehr mit Heinz, es sei denn, er wäre zungen- und gaumentot.

Kochen ist aber auch Wullacken, harte Maloche und Logistik; bei einem kurzen Krankenhausaufenthalt lernte ich den ehemaligen und unterdessen pensionierten Klinikküchenchef kennen, der selbstverständlich in das Krankenhaus ging, in dem er mit seiner Brigade – das Militärische des Begriffs ist kein Zufall, die professionelle Küche wird geführt wie ein Regiment – jahrzehntelang täglich das Essen für mehr als tausend Menschen – Patienten, Pflegepersonal und Ärzte – auf die Tische gebracht hatte. Er genoss noch immer höchste Wertschätzung, und als er dem bei ihm wie ein Untergebener auftretenden stellvertretenden Klinikchef vorhielt, was durch die Kommerzialisierung des Gesundheitssystems alles verlorengegangen sei an Qualität, nahm der die Schläge entgegen wie der Bückling aus der Dose, der er ja auch war.

Während ich das schreibe, fällt mir der Geruch meiner Schulbrot-Ledertasche ein, die Düfte der Kniften und Stullen, der geliebten Knuste oder Knusts, der geschälten Äpfel und Apfelsinen. In Riech-Erinnerungen schwelgen ist ganz ursprünglich, der Unfug vom »Auge, das mitisst«, als sei es ein dem Ausgequetschtwerden geweihter

Mitesser, kam erst viel später und zog Lebensmittelschändungen wie Tellerdekorationen mit nicht essbaren Produkten nach sich. Lebensmittelverbrechen beginnen nicht erst bei Konzernen wie Nestlé, die Menschen ihre Wasserressourcen abluchsen oder entwenden und sie ihnen anschließend mit großem Gewinn wieder verkaufen, was in einer Welt voller Juristen als legal gilt.

Dabei sind es genau diese Konzerne, die der kulinarischen Grundversorgung und Weiterentwicklung seit Jahrzehnten den Boden entzogen haben und weiter entziehen. Je weniger privat gekocht wurde und in Restaurants mit »deutscher Küche« vornehmlich »SchniPoSa« angeboten wurde, also Friteusenschnitzel und Pommes Frites, in Altöl zubereitet und mit Salaten aus Vorkriegsjahrgängen angerichtet, desto heftiger wurde der kommerzielle Siegeszug des Fastfood. Es war eine globale Katastrophe, die im hastigen, im Gehen vollzogenen Verschlingen von Presspappeerzeugnissen aller Art und Provenienz ihr Ende noch nicht gefunden hat. Wenn die Genforschung erst den dreihändigen Menschen auf den Markt geworfen hat, ergeben sich Milliarden mehr und neue Möglichkeiten für unappetitliches, öffentlich ausgestelltes Verhalten.

Als Antwort auf ungesundes, ja giftiges Fastfood entwickelte sich die Slowfood-Bewegung; Gegenbewegungen sind sympathisch, doch haftet ihnen immer auch das Odeur des Inferioren an: Ihr Agieren ist in erster Linie ein Reagieren. Slowfoodler sind kulinarisch-kulturelle Konservative; in Italien waren dementsprechend viele Kommunisten und Anarchisten an der Gründung von Slowfood beteiligt, Menschen aus dem gebildeten Teil des Volkes eben, die auf ein besseres Leben für möglichst viele aus sind, nicht auf ein mieses für die Masse und ein obszön mondänes für die Oberklasse oder die

Möchtegern-Feinschmecker, denen man »Erdnuss an Salz« (Hans Zippert) für 12 Euro 80 andrehen kann.

Für die Masse gibt es beispielsweise Kochfernsehen, selten handwerklich seriös, dafür um so häufiger mit Duellanten, Restaurant-Aufräumern, demonstrativen Schmeckleckern und zu »Promis« herabgesunkenen Gestalten; wenn es nach dem Willen der Kundschaft ginge, flöge am Schluss der Sendung die Vorderluke des Geräts auf, bei dem es sich um eine Mischung aus TV-Apparat und Mikrowelle handelt und das, gäbe es so etwas bereits in den entsprechenden einschlägigen Läden, ein »Renner« wäre, denn die Hauptvoraussetzung für einen Massenerfolg ist gegeben: Man muss bloß dasitzen und glotzen, nichts selbst tun und wird rundum vollautomatisch bedient. So stellen sich faule Eier das Schlaraffenland vor: all inclusive, nur man selbst ist nicht dabei.

In Deutschland wurde die Slowfood-Angelegenheit landesüblich und -typisch akademisiert, den einfachen Leuten entrissen, in den Mittelstand der meist grün wählenden Besseresser überführt und von der verzichtbarsten Klientel überhaupt okkupiert, die von Dinkel und Dünkel notdürftig zusammengehalten wird und der alles Lebenssaftige völlig abgeht. In sogenannten »Convivien« wird »richtig essen und bewusst genießen« gelehrt und erlernt; es wäre zum Speien, wenn es nicht so todkomisch wäre. In jedem süditalienischen Hafenarbeiter mit acht Jahren Schulbildung steckt mehr kulinarische Kenntnis als in der ganzen deutschen Slowfood-Bagage zusammen.

Worum geht es? Wie immer, wenn es gut sein, werden und gedeihen soll, ums Selbermachen, um Arbeit und Vergnügen, gern gemeinsam, im Verbund von Freundschaft und, so das nicht in Psycho-Spiele ausartet, Familie, im Kollektiv gleich oder ähnlich Gesinnter. Die Welt ist rund und dreht sich, auch ohne viel Geld, versteht sich, es geht um Inspiriertheit, Lebensfreude, Lachen, Strahlen, und in einer guten Küche kommt buchstäblich alles auf den Tisch: Der Küchentisch ist das Schlachtfeld der familiären Konflikte und deshalb heilig – Fremde, selbst gute Freunde, sind nur in Ausnahmefällen zugelassen –, so wie das Bett das heilige Schlachtfeld der Liebe ist. Deshalb gehören Tisch und Bett sprichwörtlich und buchstäblich zusammen; nur wer über beides verfügt, wird ein bewegtes, rundum erfülltes Leben führen, das die Bandbreite von Stille und Kontemplation über das vertraute Zwiegespräch und die kluge, substantiell orientierte Debatte, die alle Fetzen fliegen lassende emotionale Auseinandersetzung, die ausgelassene Geselligkeit bis zur lauthalsen Äußerung ganz privater Freuden abdeckt.

Das Kulinarische ist ganz konkret und metaphorisch zugleich; im direkten Genuss schwingt immer auch – wie in der praktizierten Religion – der kulturelle Boden mit, auf dem man sich bewegt. Das Terrain kann katholisch üppig, prunkvoll und sumpfig sein, zum Protestantischwerden steinig und hart, aber auch federnd und trampolinisch wie ein freier Geist. Der entscheidende zivilisatorische Schritt, das Rohe in Gegartes zu wandeln, ist Voraussetzung für Überleben und Weiterentwicklung der menschlichen Spezies; Rohköstler sollten das bedenken, bevor sie nach Art der Frukt-Arier zu leben trachten.

Alles Rückwärtsgewandte und Kulturpessimistische ist zum Scheitern verurteilt; nicht »zurück zur Natur!« führt der Weg, sondern vorwärts auf sie zu, behutsam, um sie und auch um selbst nicht zu erschrecken. Natur ist nicht freundlich und kuschelig, sondern unreflektiert mächtig und wie alles unreflektiert Mächtige faszinierend und gefährlich zugleich. Die Natur löst in vielen Menschen atavistische Regungen aus; dagegen ist eine gute Dosis intelligenter Misanthropie manchmal das beste Mittel.

Wenn die Verbundenheit mit der Natur lächerliche Züge annimmt – vom eher harmlosen Bäume-Umarmen bis hin zum nicht aus der Not geborenen, sondern freiwillig vollzogenen Verzehr rohen Gewürms, von Nacktschnecken und Egeln oder knackenden Käfern, deren Reste zwischen den Zähnen knirschen –, ist Spott eine adäquate und zivilisatorisch notwendige Reaktion und eine Möglichkeit der Selbstjustierung in einer Welt voller Irrsinniger und ihrer bizarren, willkürlichen Regelwerke.

Und so hat auch die Kulinarik Regeln, die man nicht ohne Schaden und Verlust bricht. Wenn man in Deutschland wohlhabende Menschen sieht, die mit den bloßen Fingern essen, weiß man nicht nur, wie und wonach ihre Hände anschließend riechen werden, sondern auch was verloren ging, und das ohne Not, aus reinem Mutwillen, aus Dummheit, Faulheit und Bequemlichkeit.

Trauer weht den Betrachter an, aber auch Zorn, mit Messer und Gabel möchte er hineinfahren in das quallige, wirbel- und regellose Gewimmel, das sich nicht mehr der Mühe unterzieht und der Freude hingibt, seinem Inneren – soweit vorhanden – eine Form zu geben. Fastfood-Hamburger sind die Jogginghosen und Freizeitschlappen der Schlünde; das Fortwerfen der eigenen Menschenwürde wird als Akt der Freiheit propagiert und empfunden. Wohl dem, der keinerlei Neigung verspürt, als freiwilliger Stilpolizist auf Streife zu gehen; seine Tage wären immer zu kurz und bescherten ihm nichts als Verdruss, denn fündig würde er sekündlich.

Der äußeren Verwahrlosung geht eine innere und soziale voraus. Die Kulinarik kann die Welt und ihre Bewohner selbstverständlich nicht retten, aber sie kann etwas lehren, und das auf erfreuliche, angenehme Weise. Es ist – jenseits des Geredes der Gesundheitsapostel, deren Ziel es offenbar ist, ohne eine Krankheit am und im

Leib zu sterben – eine einfache und große Freude, sich in die Welt des Kulinarischen aufzumachen – ganz praktisch und, so man ein Faible dafür hat, auch theoretisch, historisch, soziologisch.

Und dann kommt man in die Kulturgeschichte hinein. Man denke nur an die Kirchenmänner, an Äbte und ihre Rezepte, oder, gastronomisch richtig gesagt, die Rezepturen der Huren. An jedem Tag im Jahr wiesen sie nach, dass eine Regel der Ausnahme bedarf, um überhaupt eine gültige Regel zu sein. Und so wurde zu Ehren der Heiligen Süßkram gebacken, die Fischzucht wurde erfunden und kultiviert, um die Fastenregel zu unterlaufen, für fleischlose Tage wurde das Ragú / Ragout – durchgedrehtes Fleisch, das noch nichts mit Rinderwahn zu tun hatte – mit Teig bemäntelt. Bis heute heißen mit Fleisch gefüllte Maultaschen im Schwäbischen »Herrgottsbescheißerle«; mit solchen grundsympathischen kleinen Kniffen und Tricks sucht sich der Mensch Schweijkscher Bauart seinen Pfad durch den unübersichtlichen Verhau aus Bestimmungen und Verboten.

Perfekt beschrieben ist das in einem alten jüdischen Witz: Ein Rabbi geht an einer Metzgerei vorbei und sieht im Schaufenster einen köstlichen Schinken. Wider das Verbot des Schweinefleischverzehrs läuft ihm das Wasser im Mund zusammen, er betritt den Laden. Der Metzger begrüßt den Rabbi ehrerbietig und fragt ihn, was er für ihn tun kann. Der Rabbi fragt würdevoll zurück: »Was kostet der Fisch in deinem Fenster, mein Sohn?« Der Metzger antwortet nervös: »Verehrter Herr Rabbi, es missbehagt mir, Ihnen zu widersprechen, aber das ist kein Fisch in meinem Fenster, das ist ein Schinken.« Streng gibt der Rabbi zurück: »Mein Sohn, ich habe dich nicht gefragt, wie der Fisch heißt, ich habe dich gefragt, was der Fisch kostet.«

Mit diesem kulinarisch-kulturellen Humus und Humor lasse ich mir alles gefallen: den Fisch, den Schinken, das Leben, die Menschheit und sogar die Religion.

Friedhof in der Sonne

Es gibt Tage, an denen man von dem, was einem als »Welt« angepriesen oder aufgedrängt wird, ü-ber-haupt nichts wissen will. Welcher obszön die Magnum-Champagnerflasche schüttelnde Trollo welchen Boliden zuerst ins Ziel oder zu Schrott fuhr, welche aufgespritzte Nuss in welcher Show was getragen, gesagt oder getan hat, welcher durch mediale Dauerpräsenz zum »Promi«-Haufen herabgesunkene Quadfasel was von sich gab oder zu tun gedenkt, ist ja sowieso geschenkt, auch die in »Eilmeldungen« respektive »Breaking News« verbreiteten Depeschen von Katastrophen aller Art sind nichts als eine Mischung aus Aufputschmitteln und Valium fürs niedergehaltene Volk, und selbst das Unrecht und die Gemeinheit des Menschen gegen den Menschen, die einen durchaus in Empörung, Rage und Aktivität versetzen können, gehen einem in dieser Stimmung an Arm und Darm vorbei. Ob die Menschheit in selbstverschuldeter Unmündigkeit untergeht oder in Frankfurt eine Wurst platzt, was oder wo wäre der Unterschied?

In eine solche Verfasstheit getunkt, helfen kein Missmut, kein Hader, keine Zwangsheiterkeit und keine Ablenkung; man muss raus aus dem Kodder, in saubere Quellen eintauchen, den Dingen auf den Grund gehen, um nicht an ihnen zugrunde zu gehen. Hier empfiehlt sich ein Besuch dessen, was in den Abenteuerromanen der Kindheit »Die ewigen Jagdgründe« genannt wurde: Man sucht einen möglichst alten Friedhof auf, nimmt Sitz unter altem Baumbestand und versenkt sich – nicht in die Grube, sondern in Ruhe und Abgeschiedenheit. Das hat nichts Morbides und auch nichts Heiliges, Rituelles, Sakrales, sondern im Gegenteil etwas Erleichterndes: Der Lärm um Nichts verebbt, es ist still, manchmal lässt der Wind die Blätter rascheln, sonst ist nichts zu hören.

Manchmal hört man einen Gleichgesinnten oder doch ähnlich Gestimmten durch den Park – denn um einen solchen handelt es sich bei einem gut angelegten Friedhof – tapern, irgendwo setzt er sich auf eine Bank, ob er trauert, sinniert oder sich still und leise einen püttchert und einhilft, weiß man nicht; er stört niemanden, und niemand stört ihn. Man begreift, dass »Störung der Totenruhe« ein schweres Delikt ist, denn es handelt sich um die rohe Störung einer höchst lebendigen Welt.

Ob die Zeit jede Wunde heilt, vermag ich nicht zu sagen, aber sie relativiert ungemein, und beim Anblick alter Grabstätten zieht die Geschichte durch den Geist. Wie mögen sie gelebt haben, deren Überreste hier gebettet sind? Auch an den in Stein gehauenen Insignien des Ablebens sind Reichtum, Wohlstand und Armut zu erkennen, der Versuch, die Menschen in obere, mittlere und untere Klassen aufzuteilen, geht über den Tod hinaus. Das letzte Hemd mag keine Taschen haben, aber es gibt Nachfolger, Erben, Partizipateure, deren Taschen leer oder gestopft voll sind.

Man schlendert an Gräbern von Menschen vorbei, die man niemals kannte, liest die Inschriften auf Steinen oder Monumenten und fragt sich, was man selbst als Epitaph auf sich selbst, als letzte Botschaft an die späteren Betrachter mitteilen möchte. Einfach nichts klingt weise, aber der alte Deubel, den man im Leibe hat, juckt und zwackt einen doch. Ich hatte als Grabinschrift für mich lange »Der ist auch ruhiger geworden« auserkoren, aber nun erschien mir das doch etwas patzig und vor allem bloß reaktiv auf die Prophezeiung »der wird auch noch ruhiger«, die ich in meiner Jugend oft über mich hörte, und so verfiel ich auf eine neue Idee für ein Schlusswort: »Hier war ich noch nie...!«

Mit dem Gefühl, meine Zeit nicht verschwendet zu haben, verließ ich erfrischten und gestärkten Geistes den Ort der Ruhe und ging, wohl gewappnet, in die Welt.

Braunschweig, Hannover, Tolette

Eine Fußballreise mit der Bahn

Reisen war schon zu Zeiten der Postkutschen beschwerlich. Danach kamen die Dampfschiffe, die Eisenbahn, das Automobil und das Flugzeug, aber spätestens seit Nine Eleven, was auf deutsch leider überhaupt nicht neun Eleven heißt, ist das Fliegen eine belästigende Angelegenheit geworden. Wie Vieh wird man durch die Flughafenhallen getrieben, nicht von behalstuchten, behuteten Cowboys, sondern von Sicherheitssimulationsödlingen. Da hat es jede Kuh auf der Weide besser.

»Schuhe aus, Gürtel raus!« heißt es humorfern, und man wird von Menschen angetatscht, die man weder kennt noch kennenlernen möchte. Mir – auf Russisch bedeutet das Wort Frieden – behagt das nicht, ich möchte schon selbst wenigstens mitbestimmen, von wem ich wie und wo angefasst werde. Für viele Bewohner der Lonely-People-World aber scheint eine Flughafensicherheitskontrolle – beziehungsweise noch elaborierter besemmelt: der Flughafensicherheitscheck – die letzte verbliebene Möglichkeit zu sein, in körperlichen Kontakt mit einem halbwegs menschlichen Wesen zu geraten. Ist das der wahre, heimliche Grund für die steigende Passagierzahl? In einer maximal semihumanoiden Welt scheint diese Erklärung zumindest plausibel.

Gegen die Bahn wird manches vorgebracht, aber angepackt wird man dort (noch) nicht. Warum sollte ich nach

Venedig oder Zürich fliegen, wo es doch Nachtzüge gibt? Wozu von Berlin nach Hamburg das Flugzeug nehmen, wenn der Zug nicht nur ebenso schnell, sondern auch komfortabler und grabbeleifrei ist?

Dem Fußballverein Borussia Dortmund, dessen Geschicke mich nicht kalt lassen, verdanke ich viel: graues Resthaar, halbe Infarkte und Anspannung bis zur völligen Erschöpfung, aber auch die Wiederaufnahme des Kinder- und Kutscher-Wortes »Heja!« in meinen aktiven Wortschatz, Augenblicke großen Glücks, die Freude an schönem, rasantem Spiel und einige ereignisreiche Kleingruppenreisen nach Manchester, Madrid und Sevilla, notgedrungen mit dem Flugzeug, doch auch kürzere Ausflüge von Leipzig oder Berlin aus nach Dortmund mit der Bahn müssen nicht arm an Begebenheiten sein, die man, ob man das möchte oder nicht, lange nicht vergisst.

Vor längerer Zeit, nach einem sehr matten 1:1 des BVB gegen Hoffenheim stieg ich in den Intercity nach Leipzig; der Zug war gut belegt, im Abteil, das direkt und an das »Bord Bistro« grenzte, fand ich noch einen kommoden Platz, richtete mich ein und klappte meine Lektüre auf: »Just Kids« von Patti Smith, ein autobiographisches Werk, in dem die Sängerin ihre jahrzehntelange Freundschaft mit dem Fotografen Robert Mapplethorpe und die New Yorker Künstlerszene ab 1967 beschreibt, in die beide damals eintauchten.

Das Bistro blieb zunächst unbesetzt, doch bald stürmten zehn jüngere Männer hinein. Sie trugen blau-gelbe Trikots, waren also Fans von Eintracht Braunschweig; weil das aber nicht jeder weiß, teilten sie es lauthals mit: »Braunschweig! Braunschweig!«, brüllte der Wortführer, der auch zwei volle Kästen Bier mit sich führte, zum sichtlichen Entsetzen der Frau hinter der Theke, die gegen diese Truppe von Trunkenbolden niemals würde aufkommen können; potentielle Kundschaft würde sich kaum zu ihr hin trauen, und so würde sie keinen Cent verdienen, sondern im Gegenteil draufzahlen, weil die Deutsche Bahn ihre Bistros im Franchise-Modell vermietet.

»Braunschweig! Braunschweig!«, brüllte der Chefstratege der Gelb-Blauen abermals; »Braun sein und nicht schweigen, das tut sich stets zusammen«, dachte ich, auch die Lektüre war nicht erquicklich, eher schwülstig, Literaturkritiker sprechen dann von elegisch, aber außer bei Brecht und anderen Beherrschern des Genres bekomme ich von Elegien bloß Allergien.

Wieder hallte das »Braunschweig! Braunschweig!« zu mir herüber, in dem der Wortschatz seines Verkünders sich genügte, jedenfalls bis zum Hauptbahnhof Hannover, wo der Zug zehn Minuten Aufenthalt hatte, was der blaugelbe Brüllköddel zum hoch willkommenen Anlass nahm, die Abteiltür zu öffnen, sich hineinzustellen und, sich beidhändig an Griffen festhaltend, hinauszulehnen und nun aber nicht »Braunschweig! Braunschweig!« zu bölken, sondern, geradezu überraschend, »Scheiß-Hannover! Scheiß-Hannover!«, und das bis zur Weiterfahrt des Zuges. Das einzige rhetorische Mittel dieses Topkommunikators war die Doppelung, als sei die Wiederholung eine Bestärkung des zuerst Gesagten und nicht, im Gegenteil, ein Indiz für dessen Schwäche, aber mit ihm darüber zu disputieren, schien mir fruchtlos.

Dann bremste der Zug, hielt und stand schließlich auf freier Strecke. Die Zuglautsprecher knackten, und eine Stimme, deren Besitzer hörbar nicht in der Kunst bewandert war, auf dem Glatteis der freien Rede Pirouetten zu drehen, sprach stockend: »Sehr geehrte Bahngäste, wir bitten um Entschuldigung für die Verzögerung. Es befinden sich derzeit vor uns« – er zögerte – »bahnfremde

Personen im Gleisbett.« Er versicherte, sich so bald wie möglich mit neuer Kunde zu melden und hängte ein. Eine Viertelstunde später gab er Entwarnung; die »bahnfernen Personen« seien »aus dem Gleisbett entfernt« worden. Und weiter ging die wilde Fahrt durch das Land der Trennung von Bistrotisch und Gleisbett.

Am Hauptbahnhof Braunschweig verließen der blaugelbe Schreckensmann und sein Gefolge den Zug; auf dem Weg dorthin hatte ich noch oft und stets gedoppelt den Zweisilber »Braunschweig!« hören müssen; die Stadt sollte den Mann als Presseattaché anstellen. Die Frau an der Bistrotheke atmete auf, nach dem Auszug der Rabauken trauten sich wieder richtige Gäste an die Tische und Stehplätze, aber dann gab es eine Erscheinung: Zwei spanische Transvestiten – jedenfalls sprachen sie untereinander spanisch – betraten das rollende Lokal. Sie waren beeindruckend mit ihren Perücken, den High Heels Größe zirka 48, den riesigen falschen Brüsten und dem Bartschatten, den auch dreimal tägliches und scharfes Nassrasieren nicht entfernen konnte.

Die beiden gingen von Tisch zu Tisch und präsentierten in fließendem Pidgin ihre Offerte: »Zwossisch E-uro, Tolette?« Alle Angesprochenen beeilten sich sichtlich verängstigt, zügig aufzubrechen, die Frau hinterm Tresen trug einen vergeudeten Tag im Gesicht, ich ging zu ihr, kaufte drei Bier, zahlte und lud die beiden Transen auf ein Getränk ein. Ihr auch mir gemachtes Angebot »Zwossisch E-uro, Tolette?« wehrte ich freundlich ab und erfuhr beim Bier, dass die beiden nach Chemnitz wollten.

Chemnitz? Man soll niemanden und nichts unterschätzen, schon gar nicht Karl-Marx-Stadt. Frohgemut und lebensgestärkt stieg ich in Leipzig aus dem Zug und dachte: Wie schön ist es doch mit dem BVB, ohne den ich diese Traumreise niemals erlebt hätte.

Glasgow Taxi Driver

Von Peterborough waren wir mit dem Zug zu fünft nach Glasgow unterwegs, Strecke und Tag waren schön, doch nach dem Überqueren der schottischen Grenze wurde das Wetter sehr schottisch: nass und kalt unter einem graupensuppengrauen Himmel, aber, wie die alte weserbergländische Nachbarin Frieda Husmann, die bis in ihre Achtziger jeden Tag ihren großen Garten beackert hatte, dem stets fröhlich arbeitsam entgegenhielt: »Wir sind ja nicht aus Zucker« beziehungsweise wie der große René Goscinny im Asterix-Band »Die Lorbeeren des Cäsar« den Haushofmeister Kurzschluss sagen lässt: »keine Zuckerpüppchen«.

Beim Umstieg in Edinburgh fiel mir wieder ein, was ein großer Schottland-Kenner mir einmal sagte: »Edinburgh ist klasse und hat viel zu bieten, aber die echten Leute und Plätze findest du in Glasgow, der schönsten hässlichen Stadt der Welt. In Glasgow wurde schon immer das Geld hart verdient, das in Edinburgh so leicht ausgegeben wird.«

In Glasgow nahmen wir eine dieser großen eleganten altmodischen schwarzen Droschken, für die Großbritannien berühmt ist. Der Fahrer, ein kräftiger Mann in den 40ern mit gutgelauntem Gesicht, half uns mit dem Gepäck, von dem wir reichlich mit uns führten. Ohne das geringste spürbare Maulen fragte er, nachdem alles verstaut war, wir saßen und er losgefahren war, »wie lange wir denn in Glasgow bleiben wollten. Ein Jahr?«

Ich war schlagartig glücklich und zu Hause: Genau so macht man das; man mäkelt nicht, sondern stellt höflich eine tückische Frage. Stephen Browness, selbst Schotte par excellence, erklärte kurz, dass seine drei deutschen Freunde – er wies kurz auf meine Mutter, meinen älteren Bruder und mich – länger in Großbritannien unterwegs seien, auch bei ihm und seiner Frau zu Gast gewesen seien, wir nun in Glasgow gemeinsame Freunde und Verwandte treffen wollten und die Gäste entsprechend eben etwas mehr Gepäck mit sich führten als nur für ein Wochenende.

Das gleichmütig-schalkhafte Lächeln des Taxifahrers änderte sich nicht um einen Millimeter, als er fragte: »Ach ja – und deshalb haben Sie gleich Ihren ganzen Hausstand aufgelöst?«

Ich hätte ihn abküssen können, aber das schickt sich nicht gut in einem Land, in dem ein Mann als homosexuell gilt, wenn er Frauen dem Alkohol vorzieht. Warum, fragte ich mich stumm, während der Taxifahrer uns durch die Einbahnstraßenhölle Glasgows gurkte, lebe ich eigentlich im humorfreien Dummdeutschland, wenn ich doch in Schottland geerdet schweben könnte?

Die nächsten Tage in Glasgow machten die Antwort nicht leichter.

Bar, Bars und Bares

für Koralle O'Ralle, Foralle for alle

Es gibt viele Bars auf der Welt, darunter die Bar jeder Vernunft, die Bar jeder Hoffnung, die ScheinBar, die WunderBar, die SonderBar, die SansiBar und eine Kette namens BarCelona. Die Bar O'Meter im wetterwendischen Irland ist noch unentdeckt, und auch die OffenBar kenne ich so wenig wie den dazugehörigen Ungseid. Die Bar Fuß, die am 10. September 1960 mittels der Geburtshilfe von Abebe Bikila in Rom das späte Abendlicht der Welt erblicken konnte, muss ich meiden, seitdem der *taz*-Tory Dominic Johnson, ein notorischer Nacktquantenlatscher, in Berlin ein illegitimes Nachfolge-Etablissement gleichen Namens aufmachte.

Die Bar Geld an der Frankfurter Börse stinkt nach eigener Aussage zwar nicht, aber ihre Pecunia-Non-Olettenräume sind olfaktorische Pestnester, und gelacht wird dort auch nicht, sondern stattdessen mit der Plastikgoldenen aus der Bar Clay gelatzt. Die Bar Es für Rares ist für Männer mit fahrradlenkerbreiten Pornobalken im verhaltensauffälligkeitssyndromigen Witzbold-Gesicht reserviert, die Bar Häuptig ist Hutträgern verboten und die Bar Busig ein bisschen sehr halbseiden.

Die Bar Barisch, wo man rauheste Sitten kultiviert, suche ich nur mehr ungern auf, die Bar Kasse und die AbwaschBar am Hafen sind ebenfalls eher kaschemmig, während in der Bar Olo das Publikum mit aufgespraytem

Stil to go langweilt. Die frühere Bar Schel ist einem Spezialgeschäft für Edelbadewannen gewichen, die Bar Abbas und die KasBar sind Treffpunkt militanter Antisemiten, in der VerfügBar liegen Einheiten und Kräfte aller Couleur in Wartestellung, die VerhandelBar ist eine Herberge für Krämerseelen, in der Bar Bie herrscht ein streng lesbischblondes Regiment, die Bar T. Simpson ist längst von Touristenhaufen überlaufen, und für die Ärmelschonerschublade Bar Merersatzkasse werde ich hoffentlich niemals erloschen genug sein.

So bleibt mir nur die Alles-in-Bar, in der man nicht mit Plastik zahlt, sondern in der Hauswährung Bar è Muenze, und für späte bis letzte Stunden ist die Bar Tholomäusnacht reserviert, die in der Nacht vom 23. zum 24. August 2017 pünktlich zum 445. Jahrestag der Pariser Bluthochzeit ihre Pforten öffnete. Zur Eröffnung spielte die fantastische Hugos Nutten Massacre Blues Band. Das war kein Abend und kein place to be für Freunde des Juden-, Frauen- und Bauern-Hassers Dr. Martin Luther, nichts für Zwangszwinglianer, Kleincalvinisten, Piët-Cong-Offiziere und andere forcierte Protestonkel, Protestanten und Sonstwiefrömmler, aber ganz sicher eine Nacht und ein Ort ganz nach meinem Abgusto: Angekreidet wird nichts, denn wir bewegen uns im Bezahl-Bar-Milieu.

PROKRASTIN

Ein Namensschutz, eine Produktanmeldung und ein Aufruf

Nahezu alle Menschen prokrastinieren und verrichten eher unnötige oder sogar vollkommen hanebüchene Tätigkeiten, obwohl sie dringend etwas anderes zu erledigen und zu tun haben. Warum eine Doktorarbeit fertig schreiben, wenn man doch am Computer »Solitär« spielen kann? Wozu eine Reportage beenden, wo es doch »Hearts« gibt, das man so oft und so lange spielt, bis Millionen von Mausklicks die Knorpelmasse im Ellenbogen irreparabel zerrieben haben und man vor Schmerzen am Computer weder spielen noch schreiben kann? Weshalb die Papiere für den Steuerberater zusammentragen, wenn man auch vergleichsweise sinnlos den Keller aufräumen kann?

Prokrastination ist überall, doch nur selten kann sie genossen und ausgekostet werden, denn da ist immer diese innere mahnende Stimme, die sagt: »Eigentlich solltest du doch ...«, aber es wird weiter prokrastiniert, wenn auch ohne ungetrübtes Vergnügen. Damit muss Schluss sein – nicht mit dem Prokrastinieren, denn das ist dem Menschen anthropologisch eigen, sondern mit den unschönen Empfindungen dabei.

Deshalb arbeite ich mit anderen Forschern an der Entwicklung von PROKRASTIN, einem Medikament, das uns hilft, selbst- und pflichtvergessen zu tun, was wir wollen, egal, wie sinnfern und unproduktiv es ist und wie vollkommen ungünstig der Zeitpunkt dafür gewählt wird. Eine Pille PROKRASTIN am Morgen, und schon können wir rumtrödeln, unsere Arbeit oder andere Pflichten vor uns herschieben, faulenzen, ohne dabei nichts zu tun, nur eben etwas völlig anderes als das, was am dransten wäre, und, das ist das Großartige, alles ohne schlechtes Gefühl oder Gewissen – in diese schöne, sorglose Stimmung versetzt uns PROKRASTIN!

Bitte helfen Sie mit, die Entwicklung dieses menschenfreundlichen Medikaments per Crowdfunding zu unterstützen! Jeder Euro hilft – es dürfen auch ganz viele sein. Und vergessen Sie nicht: Bargeld lacht – so wie Sie lachen werden, wenn Sie ihre erste PROKRASTIN-Tablette eingeworfen haben.

Spenden für die Weiterentwicklung von PROKRASTIN bitte an:

Wiglaf Droste c/o Edition Tiamat
Stichwort PROKRASTIN

Wir möchten, dass Sie ihre Zeit glücklich verschwenden!

Sucht und Selbsthilfe

Wer sich, aus welchen Gründen immer, mit Sucht beschäftigt und auseinandersetzt, was ja auch als Imperativ von suchen gilt: Sucht!, in Wahrheit aber von »Siechtum« abstammt, stellt fest: Erstens: Leicht gewöhnt man sich etwas an, nur unter größten Mühen kann man es sich wieder abgewöhnen. Zweitens: Abhängigkeit vulgo Sucht sind etwas fundamental anderes als Gewohnheit. Drittens: Kommt beides zusammen, wird es hart, heftig und tief das Eingemachte auf- wie durchrührerisch, »very 'eavy, very 'humble«, wie ein Album von Uriah Heep aus dem Jahr 1970 heißt, eine der ersten Schallplatten, die ich mir als Botte (westfälisch für Kind) selbst kaufte.

Seit einigen Jahren durchleuchte ich das Thema Sucht von allen Seiten und Standpunkten, die einzunehmen mir möglich sind; Erfahrung lehrt, solche Abenteuerreisen nicht allein anzutreten, sondern sich, teils temporär, teils durchgehend, Wegbegleiter und Mitstreitende und Mitreisende zu suchen, Fellow Travellers, was nicht umsonst der Name einer sehr guten Band ist. Und so spricht man mit Kultur-, Religions- und Naturwissenschaftlern, Medizinern und Pflegekräften, Psychologen und Gesellschaftswissenschaftlern, Dichtern, Musikern, Malern und Zeichnern und mit gleichgesinnten Bipolarbären, schöpferischen Menschen aller Disziplinen und vermisst im Pool der Weisen und Suchenden schmerzlich den interdisziplinären Granden Günter Amendt, der leider nicht mehr sterblich ist. Die wichtigsten Reisebegleiter sind

Liebe, Empathie, Freundschaft, Neugier, Enthusiasmus, Fähigkeit zu Reflektiertheit wie Selbstreflexion, unerschrockene Lust am Lernen und Humor, ohne die man diese lange und gefährliche Reise gar nicht erst anzutreten braucht.

Meine alte Flamme Gundula, medizinisch und soziologisch in Theorie wie Praxis gleichermaßen beschlagen, schrieb mir im Rahmen unseres regen Forschungsaustausches folgendes:

»Nach der Batze (westfälisch für Freibad, Badeanstalt) sinnierte ich über meinem Amarenabecher in meiner Lieblingseisdiele an der Beckhausstraße, wo es noch echtes Mama-Papa-Sohn1-Sohn2-selbstgemachtes italienisches Familieneis gibt, über deine Worte, dass ja jeder irgendwie süchtig ist, oder fast jeder. Einmal begonnen ging's immer weiter mit dem Film in meinem Kopf bis der Eisbecher leer war:

Überleg mal, du bist putzsüchtig und bekommst eine Putzmittelallergie! Die Hände schuppen und pellen, Ausschläge nach allen Seiten folgen. Was nun? Handschuhe an! Und dann bekommst du eine Gummihandschuhallergie! Nix hilft. Auch latexfreie Handschuhe bringen keine Linderung. Du musst aber putzen! Herrschaftszeiten! Hach, dir Allergie schlage ich ein Schnippchen und nehme die Füße zum Putzen!!! Gibt ja einige Leute, die aus welchen Gründen auch immer keine Arme haben und die machen alles mögliche mit den Füßen. Ungelenk wie die Mauken sind, benötigst du eine einschlägige Fortbildung. Aber wo? Volkshochschule! Was sonst. Die haben alles. »Fortbildung zum Schuhputzer? Hä? Haben wir nicht.« – »Nein! Fußputzer! Mann!« ... Fortbildung an der VHS also nicht möglich. Genau! Wozu gibt es Selbsthilfegruppen! Suchen, Anfragen, Fußputzen lernen! In der Tat gibt es eine Selbsthilfegruppe der Armlosen. Du wirst mit offenen Armen, nee, offenen Beinen, nee geht auch nicht, aber jedenfalls irgendwie offen empfangen. Dass an dir dann doch Arme dran sind, finden die nicht lustig. Fußtritt und raus. Dass du nun recht lange nicht geputzt hast, findest du nicht schlimm. Viel schlimmer ist, dass es keine Möglichkeit gibt, Fußputzen zu lernen! Überleg mal, du bist fußputzlernsüchtig und bekommst keine einschlägige Fortbildung! Ich höre jetzt auf. Sonst werde ich bekloppt.«

Was soll man zu diesem Volltreffer am Wegesrand sagen? Nichts, außer vielleicht »Thanks a million, my Dear, you made my day.« Und schriebe man Dear mit Doppel-e, also »Deer«, heiße »My Dear« doppeldeutig nicht nur »Meine Liebe«, sondern auch »Mein Wild«, aber das haben wir vollrohr ausgekostet und hinter uns, widmen unser Dasein weniger reiz-reflexhaft determinierten Angelegenheiten und suchen weiter, statt zu riechen.

Eganismus

Im Traum erschien mir eine neunköpfige Rotte Veganer; nicht ahnend, dass Veganismus im fortgeschrittenen Stadium eine Spielart der Magersucht ist, peterten die unerbetenen Besucher mich voll, unterstellten mir Ernährungsgewohnheiten, die ich nicht habe, jonglierten ungelenk mit politischem Gratisjargon, als wäre ihr Mangelleben gesellschaftlich widerständig und nicht eine Mischung aus Mode und pubertierrechtlichem Privatprotest gegen Mami und Papi.

»Moo-ment«, hakte ich ein und gab der moralinsauberen Blase zur Kenntnis, dass es sich bei ihr im Gegensatz zu mir um einen Landsknechtstrupp erdplündernder Schöpfungsschänder handele. Ich dagegen, plusterte ich mich auf, sei Eganer, ernähre mich also ausschließlich von den Abfallprodukten meines eigenen Körpers und füge auf diese Weise nichts und niemandem Schaden zu.

Eganer? Was das denn sei, fragten sie neugierig und pfadfinderhaft allzeit bereit, sich dem nächsten Jetztnochbessermenschentrend anzuschließen. Bereitwillig referierte ich aus der Lameng: Eganismus sei die Lehre von der Ernährung aus strikt eigenkörperlich erzeugten Produkten. Schließlich produziere jeder Körper genügend Fette, Eiweiße, Kohlenhydrahte – ich sprach, auf Touren kommend und immer mehr Fahrt aufnehmend, sogar von Kohlehydranten –, Enzyme und Hormone, um sein Überleben zu sichern. Erst gestern noch, behauptete ich, durch das faszinierte Staunen der Veganer zu Tolldreistigkeit ermuntert, hätte ich gemeinsam mit meiner Liebsten, die selbstverständlich ebenfalls Eganerin sei, denn mit jemand anderem könne ich niemals zusammen sein und leben, ein köstliches Scheidenpilzsüppchen weggelöffelt und dazu einen 2012er Mittelstrahl getrunken, gut gekühlt, frisch und mineralisch.

Meiner Zuhörerschaft lief sichtlich das Abwasser im Munde zusammen, und so legte ich munter nach: Nicht nur Eigenurin tauge zur Vorratshaltung, auch in Haarfett frittierte Naseneumel eigneten sich bestens zur Aufbewahrung und seien ganz wunderbar zum Knabbern an langen Winterabenden.

Bei frischer Kost könne man ohnehin aus einer immensen Fülle schöpfen; frisch gepresste Mitesser, mit Achselschweiß abgeschmeckt und mit geraspelter Fußhornhaut bestreut, seien ein ganz hervorragendes Hauptgericht. Und die Schmeck-ma-das-Smegmacrème Brûlée sei schlicht der Hammer.

So schwelgte ich von Gerichten, Rezepturen und Mahlzeiten, pries das Spermasoufflé wie den Fußkäs mit Musik und gab zur Befestigung meiner Glaubwürdigkeit sogar carnivorische Rückfälle zu. »Das kommt vor, da legt man dann selber Hand an«, berichtete ich. »Das gibt ein paar Narben an den Waden, den Lenden, am Hintern und am Bauch, aber der Selbstkannibalismus stärkt auf lange Sicht nur die Überzeugung.«

Ob ich mich denn auch, druckste ein junger Mann, der auf mich wirkte wie ein ADHSler im Ritalinentzug, quasi ... äääh ... braun ernähre? »Darmatisch ist nicht dramatisch«, scherzte ich beruhigend. »Aber beim Thema Koprophilie gibt es natürlich Kopro und Kontra, das ist nichts für Anfänger, sondern für erfahrene Aficionados und Connaisseure. Wir haben da großartige Ernährungswissenschaftler, sogar diplomierte Enddarmiers.«

Der junge Veganer war's zufrieden, die ganze Bande bedankte sich artig und zog von dannen. Ich erwachte wie von Tante Anne und Onkel Johanus geküsst, duschte erst heiß und dann eiskalt, kleidete mich an, schlüpfte in meine Wildlederstiefel, ging Eier mit Speck frühstücken und rief in Wien an, in der Berggasse 19 im 9. Bezirk, Praxis Doktor Freud, Abteilung Rahm und Rama alias Traum und Trauma.

Schwengelrecht und Ordnung

Oder: Ein Gesetzloser gesteht

Der Vokabel »Schwengelrecht« haftet etwas Anzügliches an, aber das ist eine entweder naiv unwissende oder aber beabsichtigt vulgäre Auffassung respektive Verwendung des Begriffs. Denn weder hat das Schwengelrecht mit dem »Ladenschwengel« zu tun, einer recht geringschätzigen Bezeichnung für einen Ladenjungen oder Ladendiener noch mit dem zuweilen als »Schwengel« angepriesenen männlichen Glied, in dem, wenn es »Schwengel« genannt wird, eine gewisse Größe mitschwingt, ja -schwengelt.

In Wahrheit handelt es sich beim Schwengelrecht um ein altes Nachbarschaftsrecht, das einem Bauern ermöglicht, sein Feld bis an die Grundstücksgrenze seines Nachbarn heran zu beackern. Deshalb darf er mit landwirtschaftlichem Gerät diese Grenze – beispielsweise mit dem Rad einer Maschine – überschreiten, wofür der Anrainer ihm gemäß Schwengelrecht einen halbmeterbreiten Streifen seines Grundstücks zur Verfügung stellen muss.

Ich habe schon willent- und wissentlich gegen das eine oder andere Gesetz verstoßen, aber als ich das Schwengelrecht brach, befand ich mich dabei im Zustand vollendeter Unschuld: Ich wusste von nichts. Die Sache trug sich folgendermaßen zu: Obwohl der Spätsommer noch einmal alles gab und sich in ganzer Pracht zeigte, warfen einige Bäume bereits ihre Blätter in solchen Quantitäten ab, als seien sie ihnen eine Last. Besonders arg war es bei windiger Witterung, und nach einigen Tagen war der schöne, saftig grüne Rasen mit einer dicken Blätterschicht bedeckt, gegen die vorzugehen ratsam erschien.

Auf Geheiß der Chefgärtnerin, deren zuweilen etwas klumsiger, aber stets lernwilliger Gehilfe zu sein ich das Vergnügen hatte, harkte ich einige gewaltige Blätterberge zusammen, um dem Rasen Luft zum Atmen zu verschaffen. Es war hohe Zeit; das Gras war vor Gram schon ganz braun geworden, erholte sich aber schnell. Die erharkten Blättermengen wollte ich in diverse Plastiksäcke füllen, die man dann hätte abtransportieren können. »Ach was«, wiegelte die Gärtnerin ab. »Die Säcke liegen dann wieder ewig hier rum und verschandeln mir den Garten. Kipp das Zeug einfach über den Zaun, der Bauer kann das später unterpflügen, das juckt keine Sau.«

Juckte aber doch jemanden – keine Sau zwar, aber die Frau des Bauern. Während ich weisungsgemäß die Blättermassen in große Bottiche hineinprengelte und anschließend den ganzen Kladderadatsch über den Zaun schüttete – also genau auf den Streifen Land, der laut Schwengelrecht dem Bauern zur Bewirtschaftung seines Agrarlandes dienen sollte –, schoss die Bäuerin über das frisch gemähte Getreidefeld und stieß, noch schwer außer Atem, hervor: »Was machen Sie da? Mein Mann hat hier Schwengelrecht!«

Ich musterte sie, dachte: »Das kann ich mir denken«, und wollte schon schnippisch entgegnen: »Aber nicht auf dieser Seite des Zauns, wenn ich richtig unterrichtet bin, werte Dame!« Doch hielt ich meine Zunge wohl im Zaum und sagte einfach gar nichts; auf dem Land ist Klappe halten oft die weiseste Form der Eloquenz. Sie zog von dannen, ich schüttete Bottich um Bottich auf den schwengelrechtgeschützen Boden, betrachtete am Ende mein Tagwerk, war's zufrieden, stellte mein Arbeitsgerät in den Schuppen und ging in die Wanne, um mich zu schrubben.

Nachts verfolgte mich ein schrecklicher Traum: Ich stand vor Gericht, der Richter erklärte barsch: »Angeklagter, Sie haben nachweislich das Schwengelrecht verletzt. Sie wissen, welche Strafe darauf steht?« Mir wurde ganz eng um den Hals, und ich fühlte »Master Hanf«, wie Karl May den Strick nannte, schon über mir und sah mich baumeln. Ich war ein Gesetzloser, ein Outlaw, ein Bandit, und das hier waren rauhe Bauern, die kurzen Prozess machen; dass sie mich lynchen würden, stand für mich außer Frage.

Doch es kam ganz anders. Der Richter lächelte. »Wir hatten Menschenrechtler hier, wir hatten« – er verzog leicht das Gesicht – »Bürgerrechtler hier, wir hatten Frauenrechtlerinnen hier«, sagte er. »Aber dass wir einmal eine Schwengelrechtlerin kennenlernen würden, das verdanken wir allein Ihnen. Es war uns ein Vergnügen; Sie sind frei, Sie können gehen.« Ich dankte ihm verdattert und ging, bevor er es sich anders überlegen konnte. Zu Hause ging ich den Garten bestellen. Es gab eine Menge zu harken. Wo die Blätter anschließend landen würden, verstand sich von selbst.

Über den Lautlaubbläser

Der Herbst, sagt man, ist die Zeit, da die Blätter fallen. Das tun sie immer noch, aber liegenbleiben dürfen sie nicht mehr, da sei der Lautlaubbläser vor. Lautlaubbläser ist die Bezeichnung sowohl für das technische Gerät als auch für den es bedienenden Menschen und für die Symbiose aus beiden, bei der es sich um eine Mischung aus Dr. Viktor Frankenstein und dem Geschöpf handelt, das er zusammenklempnerte. Ohne den Menschen gäbe es keine Lautlaubbläser, mit dem Lautlaubbläser gibt es keine Menschen ohne Gehör- und Nervenschäden.

Ich liebe den Herbst; es gibt leuchtende Kastanien, diese archaischen Glücksboller und Handschmeichler, und niemals gehe ich ohne wenigstens ein schönes Exemplar in der Tasche aus dem Haus. Es gibt Bucheckern, wunderbares frisch geerntetes Obst und Gemüse, duftende und teilweise köstliche Pilze, und es gibt Blätter in den schönsten bunten Farben. Mit Freude erinnere ich mich daran, wie wir in der dritten Grundschulklasse mit unserer Lehrerin Frau Schmissas durch den Wald hirschelten, Blätter sammelten, sie trockneten, pressten, in Alben klebten und die Blätter den Bäumen zuordneten, die sie getragen hatten. Die Luft beim Sammeln war voller Würze und Aromen, und unsere Ausflüge lehrten uns viel über die heimische Flora, obwohl wir dieses schwierige, fremde Wort damals noch gar nicht kannten, höchstens als Namen für eine aufgeschäumte Margarine namens »Flora soft«.

Blätter in Gärten, auf Gehwegen und in Rinnsteinen wurden damals weggeharkt respektive -gefegt, um dem Rasennachwuchs aufzuhelfen oder das Verstopfen von Gullys zu verhindern. Mancher harkte sicher auch aus Pingeligkeit, Sauberkeitsfimmel und Pedanterie, aber die Sache vollzog sich relativ leise, und die leichte körperliche Arbeit im Freien tat wohl.

Dann kam die Geburtsstunde des Laubbläsers, genauer des Lautlaubbläsers, und seitdem ist die Welt eine andere, eine mit bösem, aggressivem Ton zugeschallte Dantesche Vorhölle. Denn der Lautlaubbläser trägt seinen Namen mit vollem Recht, dem Recht auf akustische und neuralgische Körperverletzung, die er sich auch masochistisch selbst zufügt, selbst wenn er einen Ohrenschutz trägt; Restlautstärke und Vibration schädigen auch ihn. Doch das nimmt er gleichgültig und abgestumpft ebenso billigend in Kauf wie den ohrenschmerzinduzierten Unmut der Nachbarn, die er in Mitleidenschaft zieht, bevorzugt dann, wenn die sich im Garten der Ruhe, der Lektüre, dem Kaffee mit Kuchen oder schlicht dem süßen Schlummer hingeben möchten. Das ficht den Lautlaubbläser nicht nur nicht an, es motiviert ihn geradezu; stundenlang verrichtet er sein Lärmwerk, bis er stolz melden kann, dass die Welt blatt- und nahezu keimfrei sei.

Dass er außer Menschen auch die Kleinfauna verletzt, ist dem Lautlaubbläser sowas von egal; er will nur das Blatt als solches vertrieben sehen, gone with the Kunstwind gewissermaßen, weiter und höher reichen sein Horizont beziehungsweise sein Tellerrand nicht. Ihn freundlich anzusprechen, um wenigstens eine verbindliche Lautlaubbläserzeitenregelung auszuhandeln, ist zwecklos; erstens hört der Lautlaubbläser außer Dröhnen schon lange nichts mehr, und zweitens gehört er zu jener Sorte

Zeitgenossen, die jedes Angesprochenwerden als persönlichen Angriff auffassen, was in seinem Fall sogar durchaus zutreffend sein kann.

Nachschub und Ersatz für seine pervertierten Reinigungsgelüste besorgt sich der Nerver bei legalen Dealern: bei Waffenhändlern, deren Filialen »Baumärkte« genannt werden, deren Kundschaft außer Lautlaubbläsern auch knatternde Sitzrasenmäher für zehn Quadratmeter kleine Gärten, jaulende Motorsensen und anderes Folterwerkzeug aus dem Hause Marquis de Sade waffenscheinfrei erwerben kann. Der Lautlaubbläser ist eine Ohrenpein und -pest dieser Zeit, und er ist es gern. Wozu sollte jemand in seiner Nähe in Frieden leben können, wenn er das doch zu verhindern weiß, und das ungestraft.

Die Seele eines Lautlaubbläsers, sofern man in seinem Fall von »Seele« sprechen kann, ist ein steriler Brüllwürfelraum, in dem er vom Boden isst, mit bloßen Händen und dabei rohes Liedgut grölt. Es gibt viele lobenswerte Aktionen auf dem Feld des kollektiven Widerstands; jedem Lautlaubbläser aber seine auf Dauer tödlich wirksame Waffe zu entwinden und sie für immer aus dem Verkehr zu ziehen, ist ein Akt individueller Zivilcourage und sollte mit einem Sonderpreis von Amnesty International ausgezeichnet werden.

Das spezifische Eigentumsrecht auf sein Lautlaubblägergerät hat der Lautlaubbläserbenutzer verwirkt; es ist darum seine Restmenschenpflicht, die Waffen abzuliefern und sich einer Buße zu unterziehen, die sich ihres Namens als würdig erweist.

Im Neymarktkauf

Die Ablösesumme für den brasilianischen Fußballspieler Neymar Anfang August 2017 betrug – diese Verbform kann auch substantivisch aufgefasst werden – 222 Millionen Euro. Zur gleichen Zeit bot die Lebensmittelhandelskette Marktkauf ein Glas »Deutschländer Würstchen« für 2,22 Euro an, also exakt für ein Hundertmillionstel des Preises, der für Neymar verlangt und bezahlt wurde.

Ein Glas Würstchen der Marke »Deutschländer« enthält sechs Stück Würstchen; ein einzelnes »Deutschländer-Würstchen« kostet also ein Sechstel eines Hundertmillionstels des Preises von Neymar, das sind pro Würstchen genau 37 Cent.

Auf den ersten Blick scheint das sehr wenig; 37 Cent, was soll so eine Wurst schon enthalten außer Wasser, Trägermasse, Nitritpökelsalz und ein paar Fetzen Schweinearsch? Wenn man aber weiß, dass »Deutschländer-Würstchen« die inoffizielle Anrede unter AfD-Mitgliedern ist, ruft die in diesem trüben Licht exorbitant aufschimmernde Kaufsumme Verbraucherschutzorganisationen auf den Plan.

»Der Preis ist absurd überhöht«, referiert Gerd Schimmelpfennig von der Stiftung Warentest. »Wer würde denn beispielsweise freiwillig 37 Cent für den PG Björn Höcke zahlen, um sich kurzfristig einen Gehör- und mittelfristig einen Gehirnschaden zuzuziehen? Andererseits erscheint die Investition gerade Gewohnheitskonsumenten – nicht immer die hellsten, wenn Sie verstehen, was ich meine – noch recht günstig, und sie werfen ihr Geld buchstäblich in die Gosse.«

»Es bleibt nur«, erläutert Schimmelpfennig weiter, »den Neymar als Leitwährung einzuführen – 1 Neymar = 222 Millionen Euro – und Fußballer so teuer zu verkaufen, dass selbst ein Sechstel von einem Hundertmillionstel des Produktpreises für die durch Dumping-Angebote verführte Kundschaft zu einem unerschwinglich hohen Betrag anschwillt. Preise zwischen 100 und 1000 Neymar sind schon sehr bald denkbar, der in diesem Fall positiv zu wertende Schaden trifft dann Billigware und Wegwerfprodukte wie Höcke und andere ›Deutschländer-Würstchen‹.«

Was für ein luzider, Stringenz versprechender Ansatz, dachte ich; endlich nicht mehr das mediale oder medienwirksame Gegreine über »Perversion« aus dem Mund von Leuten, die diese Perversion Woche für Woche stützen und alimentieren oder sehr geschmeidig von ihr profitieren und leben. Allein dafür lohnt sich die Sache schon, und ich könnte mir vorstellen, mich mit einem Zehntel Neymar als Beraterhonorar einverstanden zu erklären.

Friedhofshilfsgärtnern

An einem Montagvormittag im Juni ging ich friedhofshilfgärtnern. Das könnte ich in dieser Jahreszeit jeden Tag tun: Blumen und andere Pflanzen besorgen, Erde und Pinienrinde, und dann auf dem Friedhof arbeiten. Grabpflege ist nachgetragene Liebe; das ist, wohl verstanden, nicht Aberglaube, Konvention oder demonstratives Verhalten für die Galerie, sondern das Festhalten an und das Aufrechterhalten einer innigen Verbindung.

Die konzentrierte Arbeit in der Stille und Ruhe des Friedhofs und der Anblick der Bäume und Blumen klären den Geist, und die Menschen, die hier wohnen, sind leise. Der Tod zeigt sein Sonntagsantlitz, er verlierte seinen Schrecken und macht das Leben schön, und inmitten all dessen zupft, rupft, pflanzt, grubbert und rindenmulcht man so herum und hält auch ein Schwätzchen mit den tiefer Gebetteten.

Einen älteren Herrn, den ich schon vor gut 40 Jahren kennenlernte – er war der Vater meiner ersten Freundin – und der Zeit seines langen Lebens vom großen Lottogewinn träumte, frage ich munter: »Na Walter, auch schön den Tippschein abgegeben?« Er antwortet nicht, denn wie so viele hier ist er in jenen Aggregatzustand des höflichen vornehmen Schweigens hinübergeglitten, in dem die meisten Menschen am zufriedensten und dementsprechend am angenehmsten sind.

Es hebt die Stimmung ungemein, / bei den stillen, freundlichen Toten zu sein, zuckt es mir fröhlich zwischen den Ohren herum, doch als ich die Schubkarre, auf der ich zwei Säcke Pinienrinde zum Grab transportiert hatte, zurückbringe, sehe ich auch Gräber von Menschen, die hierher verschleppt worden sind: Kinder, Jugendliche, sehr junge Erwachsene, Opfer von Unfällen und auch Ermordete; auf einem Grabmal steht zu lesen:

»Hier ruhen CZESLAW FILIPIAK. Pole.
* 19.4. 1919 † 20.7. 1943

ALEXANDRA ZEPKOWA. Russin.
* 22.3. 1920 † 3.12. 1944

UND SECHS UNBEKANNTE † 1.4. 1945«.

Wenn man begriffen hat, was das ist, nämlich das letzte Zeugnis vom Leben Kriegsgefangener und sogenannter Fremdarbeiter, die durch Arbeit, Hunger und unerträgliche Lebensbedingungen bis in die letzte Kalorie noch ausgerechnet und ausgeklügelt vernichtet wurden, ahnt man, wie viele Generationen es noch brauchen wird, bis dieser mörderische Schatten verblasst ist. Einer von den »Was geht das mich an?«-Landsleuten und Selbstexkulpierern will und kann ich niemals sein und bin es nicht, und so bleibt dem eben noch so gut gelaunten, durchheiterten Friedhofshilfsgärtner nur ein Zurück auf Anfang: die Liebe zu den Lebewesen und der Hass auf ihre Mörder.

Grund der Liebe

Als ich eine Frau zu ihrem Mann sagen hörte, »Ich liebe dich doch! Sonst wäre ich niemals so fies zu dir!«, zuckte ich erst einmal heftig zusammen. Und dann verstand und begriff ich.

Inhalt